東京湾臨海署安積班

# 潮流《ちょうりゅう》

今野 敏

Konno Bin

角川春樹事務所

# 潮流

## 東京湾臨海署安積班

装丁／多田和博
写真／amanaimages+Getty Images

# 1

八月二十二日月曜日の朝は、穏やかに始まった。相変わらずの暑さで、出勤してきた署員たちは汗をかいている。

窓からは、夏独特の雲が見えている。水平線に見える積乱雲だ。おそらく、あの雲の下は、大雨だろうが、日の光を受けて白く輝く入道雲は、のどかに見えた。

安積剛志《あずみつよし》係長は、溜《た》まっていた伝票を整理し、書類に眼《め》を通して、係長印を押していた。書類仕事も溜めてしまうとえらいことになる。こうして、少しでも余裕があるときに、片づけておかなければならない。

珍しく、係員全員が顔をそろえていた。たいていは、誰かが外を飛び回っている。

村雨秋彦《むらさめあきひこ》は、三十七歳の巡査部長だが、すでにベテランの貫禄《かんろく》がある。安積率いる強行犯第一係、通称『安積班』の中で、年齢も経験も、安積に次ぐナンバーツーだ。

彼は、いつものしかめ面で、何かの書類を見つめている。そして、時折、隣の席の桜井太一郎《さくらいたいちろう》と小声で話をする。

桜井は、安積班の中で一番の若手で、二十七歳の巡査だ。安積班で、二十代は桜井だけだ。彼は、村雨と組んでいる。

村雨は、桜井の教育係も兼ねている。

村雨の向かい側の席にいるのは、須田《すだ》三郎《さぶろう》。三十二歳の巡査部長だ。

彼は、刑事としては明らかに太りすぎかもしれない。行動はのろまに見える。だが、その頭脳の回転までのろまだと思っていると、痛い目にあう。

須田の隣の席にいるのは、黒木《くろき》和也《かずや》巡査長だ。三十歳の巡査長の彼は、須田とはまったく対照的な体格をしている。

引き締まった、豹《ひょう》のような体格だ。学生の頃によほど鍛えたのだろう。そして、今でもトレーニングを怠っていないはずだ。

黒木は、性格も一流のアスリートのように神経質だ。余計なことは一切言わない。

黒木は須田の相棒だ。

村雨と桜井のコンビは師弟のような関係だが、須田と黒木は、年齢が近いので、もっと気楽な関係だ。

だが、黒木が須田を尊敬しているのは、見ていてわかる。

その黒木の向こう側に座っているのが、紅一点の水野《みずの》真帆《まほ》だ。東京湾臨海署が、新庁舎になり、規模が大幅に拡大したときに、安積班にやってきた。彼女は、須田と同期で三十二歳の巡査部長だ。

最初は、女性ということもあり、係の中では異分子扱いだった。だが、今ではすっかり安積班の一員となっている。

水野は安積と組んで動くことが多い。それについて、係長という立場を利用していると言う者もいる。水野が、美人でスタイルがいいので、やっかんでいるのだ。

言いたいやつには、言わせておけばいいと、安積は思っている。

臨海署が新庁舎になったとき、それまで安積班だけだった強行犯係が二つになった。強行犯第一係が安積班で、第二係が、相楽啓《さがらけい》率いる相楽班だ。

相楽は警視庁本部捜査一課からやってきた。平から係長になったのだから栄転なのだが、本人はそうは思っていないようだ。

所轄に来たのがおもしろくないらしい。馬が合わないのか、昔から何かと安積に突っかかるところがあったが、同じ署になってから、露骨にライバル視するようになった。

安積は、その相楽の席をちらりと見た。

相楽も安積同様に、書類に判を押している。今日は、第二係も全員顔をそろえている。

こんなにのんびりした一日の始まりは、実に珍しい。

安積の思いを代弁するように、須田が言った。

「こんな日もあるんですね」

安積は顔を上げないまま言った。

「このまま一日終わってくれるといいんだがな……」

すると、村雨が言った。

「こういう日に限って、後でてんやわんやになるような気がしますね」

こういうネガティブな発言は聞きたくなかった。

安積は言った。

「犯罪者に休みはないからな。だが、一年に何回か、凪《なぎ》のように穏やかな日があるものだ」

村雨が言う。

「私は苦労性なんで、このまま一日が終わるなんて、とても思えませんね」

安積は、窓に眼をやった。八月の青空が見えた。若い頃は、夏だというだけで、心が騒いだものだ。

今ではすっかり、そういうこともなくなった。あの頃の、あのわくわくする思いの正体は、いったい何だったんだろうと思う。

安積は、人工的なお台場が好きではない。ただ、海に囲まれている点だけは、唯一気に入っている。海は季節によって表情を変える。

夏の海を見ると、心が浮き立つ。それが、あの若い日の情熱の名残なのだろうか。

午後になり、気温はますます上昇した。

昼食後も、安積たちが呼び出されるような事案はなかった。

本当にこのまま一日終わってほしいと、安積が思ったとき、無線が流れた。江東区青海《あおみ》一丁目の複合商業施設内で、急病人が出て、救急車の要請があったという知らせだった。

須田が言った。

「この気候ですからね。熱中症でしょうか？　様子を見てきましょうか？」

村雨が顔をしかめた。

「呼ばれたのは、救急車で、パトカーじゃない。俺たちの出る幕じゃないさ」

須田が村雨に尋ねる。

「じゃあ、どうして、通信指令センターは、こんな無線を流したんだ？」

「事件性がないかどうか、地域課に確かめろ、ということだろう」

「地域課に任せておけばいいってこと？」

「そうだ」

須田が安積のほうを見た。

安積は言った。

「村雨の言うとおりだ。何も自分から仕事を増やすことはない」

須田が言った。

「でも、どうせ暇なんだし……」

村雨が言う。

「いつまでも、暇とは限らないぞ」

安積は、須田に言った。

「地域課に任せておけばいい」

須田は、ようやくうなずいた。

「わかりました」

それから、約十分後、同じような内容の無線が流れた。今度は、有明《ありあけ》三丁目だ。東京ビッグサイトでイベントがあり、それに訪れた客が、急病で倒れ、救急車で運ばれた。

先ほどの無線と違い、今度は搬送された患者の症状が告げられた。

発熱、発汗が見られ、呼吸困難を訴えているという。

水野が言った。

「発熱、発汗なら、熱中症ということも考えられるけど、呼吸困難というのは、妙ね」

須田がそれにこたえて言う。

「やっぱりちょっと、気になるな……」

それから、さらに二十分ほど経《た》った頃、また別の急病人が出て、救急車で搬送されたという無線が流れた。

場所は、江東区青海二丁目の温泉施設。東京湾臨海署のすぐそばだった。

さすがに、安積も気になってきた。

「須田、地域課に連絡して、事情を聞いてくれ」

須田がすぐに受話器を取り、地域課に電話をした。しばらくやり取りがあり、須田は受話器を置いた。

「係長、最初に病院に運ばれた患者は、今しがた死亡したそうです」

「死亡……？　熱中症なのか？」

「いえ、何か別の症状だそうです。医者によると、リンパ節や筋肉の壊死《えし》も見られたそうです」

「リンパ節や筋肉の壊死……」

「他の二例も、ほぼ同じ症状だそうです」

「同じ症状……？」

安積は、最悪の事態を想像した。「まさか、伝染病ではないだろうな」

黒木が言った。

「……あるいは、バイオテロ……」

かつて、東京湾臨海署管内で、バイオテロの疑いがあり、内閣調査室や公安部を巻き込んでの大騒ぎになったことがあった。

安積は、それを思い出していた。

須田がこたえた。

「地域課では、病名とかは把握していない様子です」

「搬送先の病院は？」

須田は、有明にある救急指定病院の名前を言った。

「須田、黒木、二人で詳しいことを聞いてきてくれ」

須田が生真面目《きまじめ》な表情でうなずいた。小学生が秘密を共有するときのような、滑稽《こっけい》なくらいに真剣な表情だ。

須田は、時折こういう表情をしてみせる。

まず、須田が椅子《いす》をがちゃがちゃ鳴らして立ち上がり、よたよたと出入り口に向かう。黒木は、音もなく立ち上がり、決して須田を追い抜かないように、静かにあとに続いた。

時速三百キロを出せるＦ１マシンが、低速走行しているような独特の迫力を感じさせる。

水野が言った。

「伝染病にしろ、バイオテロの疑いにしろ、警視庁本部の指示を仰いだほうがいいですね……」

安積はうなずいた。

「課長と相談してくる」

安積は立ち上がり、課長室に向かった。その安積の動向を、相楽が横目でうかがっていた。

彼の班は、救急搬送には興味がなさそうだ。急病人を調べたからといって、強行犯係の実績にはならない。

それは安積にもわかっている。だが、気になるものは気になる。

須田が気にしていたことが、引っかかっていた。彼の勘はあなどれない。

安積が訪ねると、榊原肇《さかきばらはじめ》刑事課長が言った。

「どうした、安積係長」

「管内で、三件の救急搬送がありました。三人が相次いで病院に運ばれ、そのうち、一名はすでに死亡しております」

「救急搬送？　何か事件性があるのか？」

「まだわかりません。須田と黒木を病院に向かわせました」

榊原課長は、眉《まゆ》をひそめた。

「わからんな……。どうして強行犯係の捜査員が病院に……」

「伝染病の恐れがあります。あるいは、バイオテロの恐れも……」

「バイオテロだって？　予告とか犯行声明とか、あったのか？」

「いいえ、あくまでも、その恐れがある、ということです」

「脅かすなよ、係長」

「最悪の事態に備えるべきだと思います。今のうちに、本部の指示を仰いでおいたほうがいいのではないかと……」

課長は、しばらく考えていたが、やがて言った。

「署長に話してみよう。係長も来てくれ」

榊原課長が警務課に電話して、署長への面会を申し入れる。すぐに来てくれということだった。

安積と榊原は、一階の署長室に移動した。

署長室の出入り口の脇に、副署長席がある。そこには、常に複数の記者たちがたむろしている。今日も、四人の記者がいた。その中の一人は、東報新聞の山口友紀子《やまぐちゆきこ》記者だ。

「あら、安積ハンチョウ、どうされたんですか？」

「何でもない」

「課長もご一緒で、何でもないはず、ないですよね？」

榊原課長は、山口友紀子を完全に無視して、瀬場智之《せばともゆき》副署長に一礼した。そして、署長室をノックした。

「どうぞ」という、野村武彦《のむらたけひこ》署長の声が聞こえてきた。榊原課長はドアを開け、「失礼します」

と言って入室した。

「本当に、何でもないんだ」

安積は、山口友紀子にそう告げてから、課長のあとを追った。

ドアを閉めると、野村署長が言った。

「緊急の話というのは、何だ？」

榊原課長が言った。

「管内で、伝染病が発生した恐れがあると、安積係長が申しております」

「伝染病……？」

「最悪の場合、バイオテロである可能性も……」

野村署長が、安積を見て言った。

「係長、説明してくれ」

「管内で、午後一時過ぎから、相次いで三件の救急搬送がありました。そのうちの一人はすでに死亡しました。当初は、熱中症かとも思っていたのですが、どうやらそうではないようです。三人とも、同様の症状だということです。現在、須田と黒木が、事情を聞くために病院に向かっています」

野村署長は、怪訝《けげん》な顔で安積を見ていた。

かつて、まだ東京湾臨海署が小規模な時代、副署長がおらず、野村署長が自らマスコミ対策をやっていた。

野心家であり、やる気を前面に押し出すタイプだ。だが、自分の野心のために部下を犠牲にするようなことは絶対にしない。その点は信頼に値する上司だった。

「待ってくれ、係長。三件の救急搬送があり、それがみんな同じ症状だったからといって、バイオテロというのは、大げさだろう。方面本部や捜査一課にそんなことを上げたら、後で笑われるはめになるかもしれない」

「課長にも申しましたが、我々は最悪の事態に備えるべきです」

野村署長は、考え込んでから、榊原課長に尋ねた。

「君はどう思う?」

榊原課長が言った。

「勘違いして後で笑われるのと、重大事件を見逃して、責任を取らされるのを比較するなら、私は前者を選びますね」

「なるほど……」

野村署長の決断は早かった。「では、須田と黒木の報告を待とう。本部に上げるにも、詳しいことがわからなければ、説明のしようがない」

榊原課長が言った。

「了解しました。彼らから連絡が入り次第、お知らせします」

「頼む」

野村署長は、そう言うと、書類への判押しを始めた。どこの署長も、決裁のための書類を、膨大に抱えている。一日中判押しをしても終わりそうにないくらいの量だ。

それを見るだけで、署長になるのはごめんだと、安積は思う。

課長と別れて、強行犯係の席に戻ると、相楽係長が近づいてきた。

「須田と黒木が出かけて行きましたね？」

「ああ」

「今朝から、強行犯係の事案はなかったと思いますが……」

「そう。珍しく暇な一日の始まりだったな」

「課長に会って、それから二人でどこかに行きましたね？」

「行った」

「どこに行ってきたんです？」

相楽は、安積班の動きが気になって仕方がないのだろう。彼の眼には、須田・黒木が出かけて行ったことや、安積が課長に会いに行ったことが、奇妙に映ったようだ。

それで落ち着かない気分になり、直接訊《き》きに来たというわけだ。

別に隠すほどのことではない。それに、もし、大事件に発展した場合は、相楽班の手も借りることになるだろう。

「署長に会ってきた」

「署長に……？　いったい、何の件で……」

「三件の救急搬送があった。無線を聞いていただろう？」

「知っています。でも、救急搬送は、消防署や病院の仕事で、警察の仕事じゃない」

「そう。俺たちは普通そう考える。だが、そう考えないやつがいるんだ」

「そう考えないやつ？」

「須田だよ。彼は、もしかしたら、この救急搬送が、何か重大事件の前触れか何かじゃないかと考えるわけだ」

相楽は、苦笑した。

「テレビドラマの見過ぎじゃないですか……」

「俺も須田も、テレビドラマを見ている暇などない」

「まさか、その件で、署長に会いに行ったんじゃ……」

「その件だよ。署長は、詳しい報告を求めてきた。須田と黒木から連絡があったら、すぐに知らせろと言われた」

相楽の顔から苦笑が消えた。

「本気で言ってるんですか？　誰かが救急車で運ばれただけなんですよ。それが、どうして重大事件につながるんです」

「さあな。だが、須田は、そう考えるわけだ。そして、俺は須田の報告を待つ」

相楽は、あきれた表情になった。

「どんな重大事件があり得るというんです？」

「伝染病の発生。あるいは、バイオテロ」

相楽の表情が変わった。

彼もばかではない。事態を悟ったようだ。

「救急搬送された患者たちは、熱中症ではなかったのですか?」

「誰も熱中症とは言っていない。熱中症とは症状が異なるそうだ。すでに、一人が死亡している」

「搬送されたのは、確か三人ですね?」

「そうだ」

「三人とも同じ症状なんですか?」

「地域課ではそう言っていたらしい」

相楽は、次に悔しそうな表情になった。よく表情が変わるやつだ。

おそらく、安積に先を越されたと思っているのだろう。課長や署長に会いに行ったことが悔しいのだ。

「きっと、たいしたことじゃないですよ」

相楽は、そう言って自分の席に戻って行った。捨て台詞《ぜりふ》だ。

俺もそう願っている。

安積は、心の中で相楽にそう言ってやった。

## 2

午後二時十分頃に、須田から電話があった。

「どんな様子だ?」

「二人目の被搬送者も、今しがた死亡しました」

「そうか」

「三人目も、重症です」

「医者は何だと言っている? 伝染病の疑いは?」

「まだ、はっきりしたことがわからないんです。今、患者たちの血液検査をしているところで……。取りあえず、第一報を入れておこうと思いまして……」

「事件性があるかもしれない。遺体を押さえるんだ。検視をする必要があるかもしれない。場合によっては、司法解剖をすることになる。遺族に、それを説明してくれ」

「わかりました」

家族を亡くしたばかりの遺族に、葬儀の手続きを待ってもらい、検視や解剖をさせてくれと申し入れるのは、実に心苦しいものだ。

だが、警察官ならそれをやらなければならない。

「医者から、一刻も早く原因を聞き出すんだ」

「ええ、そのつもりです」

「わかったら、すぐに知らせてくれ。署長が報告を待っている」

「署長が……」

「本部の指示を仰ぐことになると思う。もし、バイオテロということになれば、公安や厚労省にも報告しなければならない」

「わかりました。医者にせっついてみます」

「頼む」

安積は、電話を切ると、今須田から聞いた話を係員たちに告げた。

村雨が言った。

「私らも、病院に行きましょうか？　二人の遺族に、検視や解剖の申し入れをするとなると、須田と黒木だけでは手が足りないかもしれません」

安積はうなずいた。

「村雨と桜井で行ってくれ」

村雨はうなずいた。桜井が先に立ち上がった。それから、村雨がおもむろに立ち上がる。二人が出て行くと、水野が安積に言った。

「私も行かなくていいですか？」

「すまんが、ここにいて、情報の交通整理をしてくれ。俺一人じゃ手が回らないかもしれない」

「了解しました」

相楽が、眉をひそめて、出て行く村雨と桜井の後ろ姿を見ていた。

五人の係員のうち、四人が出かけて行った。それを見て、相楽は何を考えているだろう。おそらく、ずいぶんと落ち着かない気分だろう。

相楽班の係員たちは、まだ全員席にいる。彼らも、安積班の動向に気づいている様子で、何人かが、いったい何事かと、こちらを見ていた。


午後三時頃、再び須田から連絡があった。

「遺族には、検視をすることになるかもしれないと、告げました。いずれの遺族の方々も、協力してくれるとのことです」

安積は、ほっとした。

令状がない限り、警察は強制的な捜査はできない。そして、今回は、令状を取る名目が立たない。まだ、何が起きているのかわからないからだ。

遺族の方々の厚意にすがるしかない。

須田の報告が続いた。

「病院では、死因を確かめるために、解剖することを検討しているようです」

「……ということは、まだ死因がわからないということか?」

「血液検査や粘膜検査の結果、ウイルスなどは発見されませんでした。伝染病ではないだろうということです」

「では、どうして三人が同じ症状だったんだ?」

「リンパ節や筋肉が壊死していると言いましたよね?」

「ああ」

「それって、毒蛇に咬《か》まれたりしたときの症状に似ているようなんです」

「毒蛇だって? じゃあ、三人は、うちの管内で毒蛇に咬まれたというのか?」

「いえ、似ているというだけで、毒蛇ともちょっと違うようです。今のところは、医者も首を傾《かし》げるだけで……」

「その他に、わかったことは?」

「今のところ、それだけですね。病院も少々混乱しています。それから、そろそろ記者が、俺たちの動きを嗅《か》ぎつけているようです」

マスコミへの対応には、いつも苦慮する。彼らは、国民の知る権利を楯《たて》に取る。錦《にしき》の御旗《みはた》で、それには警察も逆らえない。だが、報道が捜査の妨害になることもあるのだ。

特に、隠密《おんみつ》行動を取りたいときに、周辺をうろつかれると、ひじょうに迷惑する。

「わかった。副署長に話をしておく」

所轄のマスコミ対策は、副署長の役目だ。

「お願いします。あ、それから……」

「何だ?」

「村チョウたちが来てくれて、助かりました」

「必要なら、俺と水野も病院に行く」

「いえ、もうやることはあまりありません。あとは、医者が症状の原因を特定するまで待つだけです」

「本当に、伝染病じゃないんだな?」

「それは、間違いないということです」

「じゃあ、原因がわかり次第、知らせてくれ」

「はい」

安積は電話を切り、課長室に向かった。

榊原課長は、安積の姿を見ると言った。

「どうだ? 何かわかったか?」

「病院に搬送された二人目の人物も、亡くなったそうです。残る一人も重症です」

「なんということだ……」

「病院の医師によると、伝染病ではなかったということです」

「本当か? じゃあ、病院に運ばれた人たちの症状は、何が原因なんだ?」

「それは、まだ特定できていないようです。ただ……」

「ただ、何だ?」

「毒蛇に咬まれたときと似ているらしいです」

「毒蛇だって?」

「ただ、その症状に似ているだけで、毒蛇でもないようです」

「原因がはっきりしないことには、どうしようもないな……」

「病院では、死因を確かめるために解剖をすると言っています」

「解剖か……」

「検視の必要があるかもしれないと思ったのですが……」

「病院で解剖してくれるというのなら、検視の必要はないだろう」

「そうですね。報告は、以上です」

「じゃあ、署長に伝えておく」

安積は礼をして、課長室を出た。


午後四時頃、また須田から電話があった。

「残る一人も、死亡しました」

「そうか」

「解剖は、明日になるそうです」

「どうしてすぐにやってくれないんだ？」

「施設や人手が足りないんだそうです」

「原因を早く究明しておくべきだ」

「ええ、そうですね……」

須田が困ったように言った。

「別に、おまえを責めているわけじゃない。できるだけ早く原因を突き止めることが、病院の役割なんじゃないか」

「俺もそう思いますけどね……。三人目が亡くなったことで、病院側としては、特に解剖を急ぐ必要はなくなったのかもしれません」

「今後も同じような症例が出るかもしれないと、病院の医者は考えないのだろうか」

「病院というところは、ものすごく忙しいですからね。取りあえず、目先のことが最優先なんだと思います」

そうなのかもしれない。

いずれにしろ、病院に無理強いはできない。明日、解剖する予定だというのなら、それを待たなければならない。

「ともあれ、伝染病ではないのは確かなんだな？　バイオテロの線はどうなんだ？」

「少なくとも、炭疽《たんそ》菌《きん》とかの細菌は検出されていません。でも、何とも言えないですね。テロだとしたら、もっと犠牲者が出るかもしれませんね」

「そうだな。犠牲者が三人ということはないだろう」

「警戒が必要ですね」

「それも、署長に話しておく」

「わかりました。俺たちは、しばらく病院に張り付いています」

安積は、再び課長室を訪ねた。今日、すでに三度目だ。

「須田から連絡があったのか？」

「はい。三人目も死亡しました」

「それで、原因は？」

「まだ不明です。解剖は、明日になると、病院では言っているようです」

「一日で三人も死んだんだ。一刻も早く、原因を突き止めるべきじゃないのか？」

「そうですね……」

「伝染病でないというのが、不幸中の幸いといったところか……」

「しかし、まだテロの可能性が残っています。今後、被害が拡大する恐れもあるので、警戒が必要だと思います」

課長は、しばらく考え込んでから言った。

「署長に伝えよう」

榊原課長は、受話器を取った。話は終わったと思い、安積は礼をして退出しようとした。榊原課長は、片手を掲げた。「待て」という仕草だった。

安積は立ったまま、榊原課長の電話が終わるのを待つことにした。

榊原課長は、先ほどと同様に、まず警務課長に電話をして、署長の都合を聞き、その後に署長に電話をつないでもらった。

安積が報告したことをそのまま伝えた。電話を切ると、榊原課長が言った。

「係長から、直接話が聞きたいそうだ。行ってくれるか?」

「わかりました」

安積は、すぐさま課長室を出て、再び一階の署長室に向かった。

副署長席のまわりには、やはり記者たちが溜まっていた。さきほどより、人数が増えている。

何人かの記者が安積に声をかけてくる。安積は、足早に歩きながら言った。

「何も言うことはない」

署長室に入り、ドアを閉めると、野村署長が言った。

「病院に運ばれた三人全員が死亡したって?」

「はい」

「いったい、何が起きているんだ?」

「まだ、わかりません。解剖は明日になるということです」

「解剖をすれば、何が起きているのかわかると思うか?」

安積は、この質問にこたえるために、しばらく考えなければならなかった。

「解剖ですべてが判明するとは思えません。しかし、少なくとも三人の死因は明らかになるでしょう」

「君は、バイオテロの恐れがあると言っていたな?」

「はい。最悪の事態に備えて、警戒すべきだと思います」

「青海一丁目の複合商業施設、有明三丁目のビッグサイト、青海二丁目の温泉施設……。管内とはいえ、救急車が出動した三つの場所は、結構離れている。同一犯による犯行とは考えにくいのではないか?」

「犯人が複数なら可能です」

「では、犯人の目的は何なのだ?」

「それはまだわかりません」

「係長、それを調べるんだ。病院は、三人の死因を特定する。警察は、犯人がいるとしたら、犯行の方法や目的を明らかにするんだ」

そうだ。それが、安積たちの仕事だ。

解剖が明日になるからといって、手をこまねいていることはない。

「了解しました」

「須田、黒木の二人から直接報告を聞きたかったのだがな……」

「今、彼らは病院に張り付いています」

「わかった。地域課に警戒を促しておく。そして、これまでわかったことを、方面本部の管理官に報告しておく」

話は終わりだった。安積は、礼をして署長室を出た。

目の前に、山口友紀子がいた。横をすり抜けて歩き去ろうとすると、彼女は追ってきて質問した。

「今日、署長室をお訪ねになるのは、二度目ですね?」

「そうだったかな……」

「何が起きているんです？」

「何も起きていない」

「どうして、二度も署長室をお訪ねになったんですか？」

「そんなことを、いちいち記者に説明する必要はないだろう」

「須田さんと黒木さんが病院に行きましたね？　そして、その後、村雨さんと桜井さんも……」

「行ったが、それがどうかしたか？」

「四人は、どうして病院に行ったのですか？」

「俺の口からは言えない。副署長の発表を待ってくれ」

「今日、三件の救急搬送がありました。搬送先が、その病院でした。それと関係があるんですね？」

「ノーコメントだ」

安積は、エレベーターに乗り込んだ。

上の階には記者は立ち入ることができない。エレベーターや階段は、記者から解放される、一種の結界のようなものだ。

安積は、ふうっと息をついてから考えた。

いつまでも、マスコミの追及をかわしているわけにはいかない。彼らも必死なのだ。何を話してよくて、何を秘密にすべきか、上のほうから、ちゃんとした指示を出してもらいたかった。

席に戻ってしばらくすると、交通機動隊の速水《はやみ》直樹《なおき》小隊長がやってくるのが見えた。派手な水色の制服が、妙に似合っている。

彼は、路上のパトロールだけでは飽き足らず、署内をパトロールして歩くのだ。

「よう。忙しそうだな、ハンチョウ」

「それは、皮肉か?」

「課長のところに三回、署長のところに二回行ったんだろう。忙しそうに見えるじゃないか」

速水には、いつも驚かされる。

「おまえは、どこでそういうことを聞き込んでくるんだ?」

「ニュースソースは秘密だ」

「記者の真似《まね》なんかするな」

「その記者だが、あまり邪険にすると、後で痛い目にあうぞ」

「なるほど、おまえのニュースソースは、山口友紀子か……」

「だから、秘密だって言っているだろう。須田たち四人が病院に行ってるんだって?」

相楽や山口友紀子に質問されたり、事実を指摘されたりすると、なんだか腹が立つ。だが、不思議なことに速水に同じようなことを言われても腹が立たなかった。

長い付き合いだからかもしれない。速水と安積は、初任科の同期だ。それ以来、何かと縁が切れない。腐れ縁だと思うこともある。

「今日の午後、三件の救急搬送があった」

「知ってる。無線で聞いた」

「須田たちは、それを調べに病院に行っている」

「それは、地域課の仕事だろう」

「今日は暇だったんだよ」

「暇つぶしで仕事を増やすばかはいない」

「俺たち刑事は、ばかなのかもしれない」

「強行犯係が気にしなければならない事案だということだな？」

「いや、その疑いがあるというだけだ。だが、いちおう確かめておかなければならない」

「今日は暑かったから、救急搬送されたのは、熱中症患者だと思っていた」

「患者の症状は、発熱、発汗、そして、リンパ節や筋肉の壊死が見られたんだそうだ。搬送された三人は、全員死亡した」

速水の表情が変わった。彼は、にわかに真剣な顔になった。

「そいつは、いったい何なんだ？」

「わからん。病院では、明日解剖すると言っている」

「ある程度予想はついているんだろう？　だから、須田たちを病院に向かわせたはずだ」

「当初は伝染病かと思ったが、それは否定された。だが、まだバイオテロの恐れは残っている」

「もし、バイオテロなら、明日解剖、なんて悠長なことを言っている場合じゃないだろう」

「犯行予告も、犯行声明もない。テロだとは言い切れない。だが、すでに三人が死亡している。もし、テロだとしたら、さらに犠牲者が増える恐れがある。それは、何としても避けたい」

速水は、真剣な表情だが、決して度を失ってはいない。彼は、落ち着いた態度のまま言った。

「交機隊員たちにも、充分に警戒するように伝えておく」

「まだ、話は警視庁本部まで上がっていないはずだ。そして、交機隊は本部所属だ。そのへん、ちょっとややこしいんだが……」

「心配するな。交機隊員は、現場第一だ。そういうことは俺に任せろ」

「今回のおまえのニュースソースのほうも気になる」

「当然、テロの疑い、なんて話は、マスコミには流せないな」

「やっぱり、ニュースソースは山口友紀子だった」

「ふん、俺は一般論を言っただけだ。マスコミは、どこまで嗅ぎつけているんだ？」

「須田たち四人が病院に行ったことを知っている。そして、三件の救急搬送と結びつけて考えるだけの頭はある」

「予告も犯行声明もないんだな？」

「ない」

「犯人からの要求もない」

「ない。だから、まだテロとは断定できない。しかし、偶然とは思えない。何かが起きていることは確かだ。署長には、それを確かめろと言われた」

「なら、やるしかないな」

速水はにやりと笑った。「そして、安積班にならできるだろう」

# 3

夕刻、病院に行っていた、須田、村雨、黒木、桜井の四人が戻って来た。

村雨が、報告した。

「第一の搬送者は、岡原信彦《おかはらのぶひこ》、二十九歳。女友達と買い物に来て、複合商業施設から搬送されました。第二の搬送者は、亀村貞雄《かめむらさだお》、四十六歳。仕事でビッグサイトを訪れ、そこから搬送されました。第三の搬送者は、津山雅代《つやままさよ》、六十七歳。友人グループで、温泉施設に遊びに来て、そこから搬送されました。三人につながりはなく、今のところ、共通点も見つかっていません」

さすがに村雨だ。

やることが早くてそつがない。

「同じ原因で死亡したのなら、どこかで接点があるはずだ」

安積は言った。すると、須田がこたえた。

「原因がわかれば、その接点もわかるかもしれませんね」

「明日の解剖の結果を待つしかないか……」

須田が深刻な表情で言う。

「やはり、テロですかね……。だとしたら、無差別テロということも考えられます」

「断定はできない」

安積は言った。「だが、その線も視野に入れておかなければならないと思う」

「いまだに、犯行声明などがないんですよね……」

村雨が、事務的な態度で言った。須田とは対照的だ。須田は、事件の関係者にすぐに感情移入してしまうが、村雨にとっては、事件はあくまでも仕事なのだ。

「確認されていない」

「だとしたら、愉快犯ということも考えられますね」

須田がすぐさま反応した。

「それ、一番危険なケースだよね。動機もはっきりしない無差別殺人。手がかりが見つかりにくい」

安積は言った。

「今のうちに、可能な限り現場付近の防犯カメラの映像を集めておいてくれ」

村雨と須田がうなずいた。

安積は、相楽が自分のほうを見ているのに気づいた。

経過を知りたがっているのだろうと思った。教えてやる義理はない。だが、今後、万が一大きな事件に発展したときは、相楽班の力を借りることになるかもしれない。

相楽を呼び寄せるか、自分から彼のところに行くか、少しばかり迷った。

呼びつけるのは、いかにも偉そうだし、こちらから赴くのはなんだか悔しい。結局、意地を張るのは、ばかばかしいと思い、安積は席を立って、相楽に近づいた。

「ちょっといいか？」

「搬送者の件ですか？」

「三人とも死亡したことは聞いたか？」

「ええ」

「まだ、死因は特定されていない。被害者三人の共通点も今のところ見つかっていない。解剖は明日の予定だ」

「どうして、自分にそれを……？」

「もし、大きな事案になったら、俺の班だけでは対処できないかもしれない」

「そのときは、捜査本部ができるんじゃないですか？」

「捜査本部ができるかどうかは、刑事部長の判断だ。臨海署だけで対処する、ということも、充分に考えられる」

「今から情報を共有しておきたいということですね？」

相楽班の係員たちが、係長同士のやり取りを、ちらちらと見ている。おそらく、会話の内容までは聞き取れないだろうが、何を話しているかはわかっているはずだ。

安積は言った。

「そういうことだ」

「それで、テロの可能性は？」

「今のところ、犯行声明などは確認されていない。ただ……」

「ただ、何です?」

「うちの係員が言っていた。愉快犯だとしたら、ちょっと面倒なことになる、と……」

相楽は眉《まゆ》をひそめた。

「たしかにそうですね……」

「今は、そんなところだ。じゃあ……」

安積が席に戻ろうとすると、相楽が言った。

「自分の班が手を貸したとしても、安積班の実績になるんですよね?」

「臨海署の実績だ」

安積は、席に戻った。


その後、特に事件は起きなかった。午後六時になり、安積は帰宅することにした。安積が帰らない限り、部下たちも帰ろうとしない。

こういう日は、みんなを早く帰してやりたいと思った。

特に、妻子持ちの村雨は、早く帰ったほうがいい。

「今日は引きあげよう」

安積が言うと、村雨が驚いたように言った。

「これから防犯カメラの映像を入手しようと思っていたんですが……」

「明日でいい。解剖の結果も明日以降になる。こんな日は滅多にない。みんな早く帰るんだ」

「わかりました」

村雨はすぐに、帰り支度を始めた。それを見て、桜井も片づけを始める。水野も、素直に安積の言葉に従った。

おそらく、最後まで残っているのは須田だろうと思った。須田、黒木、桜井の三人は、署の上階にある待機寮に住んでいる。

「早く引きあげるんだ」

安積は、須田にそう声をかけて、強行犯係をあとにした。


一階まで来ると、まだ副署長席に記者が溜《た》まっていた。安積を見つけると記者たちが、取り囲んだ。その中には、東報新聞の山口友紀子もいた。

「救急搬送された三人が、いずれも死亡したということですね？　死因は何ですか？」

年かさの記者が尋ねる。

彼らの間には、会社が違っても、序列があるようだ。最初に質問の口火を切る記者は、たいてい決まっている。

安積は言った。

「俺が何もしゃべれないことは知っているだろう」

年かさの記者は、その言葉を無視するように質問を重ねる。

「須田さんや村雨さんたちが、病院に行っていたんでしょう？　何だったんです？」

安積は、こたえずに玄関のほうに向かう。

山口友紀子が言った。

「今日、二度も署長室に行かれたのは、須田さんや村雨さんが病院に行かれたことと、関係あるんですね?」

安積は、立ち止まった。とたんに記者たちの輪ができた。

「あんたたちのことだから、病院に行って、医者や看護師に三人の死因を尋ねたんだろう?」

記者たちは誰もこたえない。山口友紀子も無言だった。

安積はさらに言った。

「誰か死因を知っている人がいたら教えてくれ」

記者たちは押し黙っている。互いに牽制《けんせい》しているのかもしれない。

「誰も知らないのだな? 当然だ。警察も知らないし、病院でも知らない。まだ、死因を特定できていないんだ。だから、俺に何を訊《き》いても無駄だ」

どこかの男性記者が言った。

「とか言って、どこかの記者にだけ耳打ちするんじゃないでしょうね」

それを聞いて、安積は一瞬頭に血が上った。

おそらく、彼は山口友紀子のことを言っているのだろう。とんだ邪推だ。安積は、彼女を特別扱いしているつもりはない。

夜討ち朝駆けは、どの社の記者もやっていることだ。山口友紀子が若い女性なので、目立つだけのことだ。

その記者を怒鳴りつけてやろうかと思ったが、立場があるのでやめておいた。

自分は気が短いほうだという自覚がある。もし、これが若い頃の自分だったら、とっくにキレていただろうと、安積は思った。

その記者のおかげで、引き際ができた。安積は、一切を無視して足早に玄関を出た。おそらく記者たちは、心ない男の一言で、安積がすっかり機嫌を損ねたと思ってくれるだろう。

実際に、気分を害していた。

若くて美しい女性というのは、どこにいてもトラブルの元だ。特に、警察や新聞社といった男性社会の中ではなおさらだ。

本人もたいへんだろうが、関《かか》わる男たちも注意しなければならない。安積は、そんなことを考えながら、帰路についた。


翌日、登庁すると、相楽班がいなかった。

村雨に事情を訊いた。

「明け方近くに、コンビニ強盗がありました。相楽班が当番だったので……」

「怪我《けが》人は?」

「幸い、出なかったようですが、犯人はまだ逃走している様子です」

「須田と黒木は?」

「防犯カメラの映像を集めに行っています。私たちも、係長がいらしたら出かけるつもりでした」

安積はうなずいた。

「水野も連れて行ってくれ。手が多いほうがいいだろう」

水野が村雨を見た。彼らは視線を合わせてうなずきあった。

やがてみんなが出かけて行った。

安積は、書類仕事に精を出した。昨日、ずいぶんと処理したつもりだったが、まだ伝票だの報告書だのが溜まっていた。

ふと、相楽の席のほうを見た。もちろん空席だ。彼は、現場で指揮を執っているのだろう。明け方から働きづめのはずだ。もし、安積班が当番だったら、安積たちがそうなっていた。

安積の部下たちは、おそらく夕方まで戻らないだろう。彼らのことだから、防犯カメラの映像を集めるだけではなく、付近の聞き込みも行うはずだ。

まだ事件として成立したわけではない。だが、須田なら聞き込みを開始するだろう。おそらく彼のアンテナが何かをキャッチしたのだ。

そういうときは、須田に逆らわないほうがいい。

安積は、彼らを信頼し、捜査を任せて書類の整理に集中した。

昼頃、交通機動隊の制服姿の速水が安積の席にやってきた。

「おまえ、昨日も夕方近くにやってきたな?」

「いけないか?」

「交機隊は、四交代制だろう。おまえの当番はどうなっているんだ?」

「それが、交機隊の七不思議の一つなんだ」

「あとの六つの不思議って、どんなものがあるんだ?」

「バイクに乗れないやつが隊長をやっているのはなぜか、とか……」

交通機動隊長は、警視だ。管理官などと同じ階級になる。交通畑の人間が就任するとは限らない。実際にバイクに乗ることなどないだろうから、別に乗れなくても不思議はない。

だが、速水にとっては、そんな人物が交機隊を束ねているのが不満なのだろう。

「それで、何の用だ?」

「昼飯でもいっしょに食おうと思ってな」

「珍しいことを言うじゃないか。おまえといっしょに昼飯を食った記憶などないぞ」

「おまえは、物覚えが悪いだけだ」

「どこで食う?」

「署の食堂だ。お台場では、それ以外に考えられない」

「レストランならいくらでもある」

「下町にあるような、気のきいたそば屋とか定食屋がない。ふと暖簾《のれん》をくぐって覗《のぞ》いてみたくなるような店や横町がない場所を町とは言わない」

「そいつは同感だな」

二人は、食堂に向かった。昼時でも警察の食堂は、それほど混雑していない。食事にやってくるのは、事務方や管理部門の連中がほとんどだ。

現場の連中は、たいてい弁当だ。警察署には仕出し弁当の業者が必ず入っている。

安積は、本日の定食というのを注文した。速水はカツ丼だ。

彼の食欲は、いまだに旺盛《おうせい》だ。脂っこいものでも平気でもりもりと平らげる。気持ちがいい食べっぷりだ。安積は、それがうらやましいと思う。

カツ丼を頬張《ほおば》り、速水が言った。

「隊員に、臨海署管内を走行するときには、特に注意しろと言ってある」

安積は、思わず周囲を見回した。

「まだ事件になったわけじゃない。周りに聞かれたくない」

「そう心配するな。だから署の食堂を選んだんだ」

確かに外で食事をするよりも、情報の漏洩《ろうえい》に関しては安心できる。

「まだ、解剖の結果は出ていないんだな?」

「出ていない」

「須田が気になると言いだしたんだな?」

「そうだ」

「なら、事件である可能性が高いな」

「俺もそう思う」

「被害者同士につながりは?」

「確認されていないが、どうも関わりはないらしい」

「……ということは、無差別テロの可能性があるということか?」

「あるいは、愉快犯……」

「いずれにしろ、やっかいだな……」

「やっかいなことが、もう一つある」

「何だ?」

「マスコミだ。テロにしろ、愉快犯にしろ、公表するタイミングは、警察が管理したい」

「当然だな。へたに話が広まると、パニックを誘発したり、妙な風評被害が出る」

「記者たちは、すでに三人の搬送者が死亡したことを知っているし、須田や村雨たちが病院に行ったことを知っている」

「当然、事件だと思っているだろうな」

「警視庁本部で記者発表するまで、情報を洩《も》らすわけにはいかない」

速水は、箸《はし》を止めた。

「何か俺に言いたいことがあるのか?」

「おまえは、東報新聞の山口記者から話を聞いたんだろう」

「ニュースソースは秘密だって言ってるだろう」

「誰から話を聞いてもいい。だが、交換条件で、情報を洩らすようなことはやってはいけない」

速水は、飯をかき込んでから言った。

「そんなことはわかっている。俺を誰だと思ってるんだ」

「特定の記者と接触を持っていると、いざというとき、疑いをかけられることになる」

「いざというとき……？」

「情報が洩れたことがわかったときだ」

「その言葉を、そっくりおまえに返すよ」

「どういう意味だ？」

「山口友紀子は、何かとおまえと接触したがるってことさ」

「俺は、特定の記者をひいきなどしない」

「それはわかってるさ。そして、山口友紀子は優秀な記者だ。さらに努力家でもある。実力でスクープなど取ってくると、他社の男性記者たちはやっかむわけだ。あいつは、女であることを利用して情報を得たに違いないってな……」

「だからといって、山口記者を故意に遠ざけることは、逆に不公平になる」

「水野のこともそうだが、女はとかく面倒臭いな」

「別に水野のことを面倒だと思ったことはない」

「そういうことじゃない。周囲の眼《め》が面倒だと言ってるんだ」

速水の言うことはよくわかった。水野が安積班にやってきた当初は、安積も同じように感じていた。

だが、今は違う。水野もすっかり安積班の一員となった。彼女は優秀な刑事だ。そのことが最も重要だと、安積は考えていた。

「おまえの言うとおり、警察のような男性社会では、女性はとかくトラブルの元だ。おまえも充分に気をつけてくれ」

「記者は、交機隊なんて相手にしないさ。彼らの目当ては刑事だ。俺に言う前に、部下に気をつけろと言っておけ」

「もちろん、そのつもりだ」

「お互い、もてる男はつらいよなあ」

「俺は別にもてないよ」

「知ってるか?」

「何だ?」

「おまえの最大の欠点は、自覚がないことだ」

# 4

その日の終業時刻間際に、解剖の結果が届いた。

安積は、榊原課長に呼ばれ、課長室でその結果を聞いた。

「リシン……？　毒物なんですか？」

死亡した三人の搬送者からリシンが検出されたという。

「そうだ。なんでもヒマから取れる毒だそうだ」

「ヒマ……」

「トウゴマとも言うそうだ。ヒマから取れる油がヒマシ油で、潤滑油として使用されるが、昔は下剤としても使われたそうだ」

「たしかにヒマシ油というのは、聞いたことがありますね」

「病院によると、リシンは猛毒で、致死量は体重一キログラムに対して、〇・〇三ミリグラムだ」

「つまり、三人の搬送者は、毒殺されたということですね？」

榊原課長がうなずいた。

「毒物が検出されたからには、事件として扱わなければならない。君が言ったように、テロの可能性もある」

「犯行声明等がないことから、愉快犯の可能性もあると思います」

「いずれにしろ、警視庁本部には連絡が行っている。追って指示があるはずだ」

「捜査本部ができるということですか？」

「それについては、まだ連絡がない。現時点では、外に話が洩れないようにしてくれ」

「係員には、死因を説明していいですね？」

「もちろんだ。捜査を進めてくれ。今、どういう状況だ？」

「搬送現場付近の防犯カメラの映像を収集しています。同時に周辺の聞き込みも行っています」

「わかった」

安積は自分の席に戻ると、すでに帰ってきていた係員たちを集めて、小声で報告した。

「搬送先で亡くなった三人から、リシンという毒が検出されたそうだ。ヒマから取れる毒で、ごくわずかで致死量となる猛毒だそうだ」

真っ先に反応したのは須田だった。

「リシンですか……」

「何か心当たりがあるのか？」

須田は、とたんに慌てた様子になった。別に慌てることはないのに、と安積は思った。

「いえね、リシンと聞いて、ゲオルギー・マルコフ事件を思い出したもんで……」

「ゲオルギー……？　何だ、それは」

「ブルガリア出身の作家兼ジャーナリストです。一九七八年に亡命先のイギリスで死亡したんですが、その死因がリシンでした」

「毒を盛られたのか?」

「いえ、盛られたというより、撃ち込まれたんです」

「撃ち込まれた?」

「マルコフは、テムズ川のウォータールー橋近くでバスを待っているときに、一人の男に傘の先端でつつかれたんです。その夜に彼は高熱を出し、数日後病院で亡くなりました。傘でつつかれたという大腿部《だいたいぶ》がひどく腫《は》れていたので、調べると、皮下に一・五ミリほどの金属球が見つかったということです。実は、その金属球にリシンが仕込んであったんです」

「傘でつつかれたといったな?」

「ええ、その傘が実は武器だったのです。圧縮空気で金属球を撃ち込む空気銃だったわけです」

「誰がそんなものを……」

「ブルガリアの秘密警察だと言われています。当時、マルコフはイギリスの放送局でアナウンサーとして働き、ブルガリア政府を痛烈に批判していたんだそうです。傘に偽装した暗殺用の空気銃は、旧ソ連のKGBが協力して、ブルガリアの秘密警察が完成させたということです」

村雨が言った。

「相変わらず、おまえは妙なことを知っているな」

安積は村雨に言った。

「だが、それが捜査に役立つこともある」

村雨は何も言わなかった。

須田が、さらに言った。

「マルコフが殺害される一カ月前、同じように、フランスに亡命していたブルガリア人のウラジミール・コストフという人物が、やはり背中を傘でつつかれて、リシンを仕込んだ金属球を撃ち込まれていたのです。コストフは、高熱を出して、意識が混濁したのですが、幸い背中の腫れに医者が気づいて、金属球を取り出し、命が助かりました。マルコフとコストフに使用された金属球を鑑定したところ、同じものだということがわかったそうです」

「それも、傘型の空気銃で撃ち込まれたんだな?」

「そうです」

「たしか、三人の被害者はいずれも、リンパ節や筋肉の壊死《えし》が見られたということだな?」

安積が尋ねると、須田がうなずいた。

「ええ、ですから、リシンを飲ませたり、噴霧したりという手段ではなく、やはり何かで撃ち込んだのではないかと思います。病院からそういう知らせは?」

「ない。もしかしたら、見落としているかもしれない」

黒木が即座に言った。

「至急、確認します」

彼は、席に戻り机上の電話の受話器を取った。

こういうときの行動力は抜群だ。

村雨が、思案顔で言った。

「もし、その二人のブルガリア人同様に、何かで撃ち込まれたのだとしたら、やはり無差別テロか愉快犯ということになりますね。それも、今須田が言った話をよく知っている人物の可能性が高い……」

須田が言う。

「マルコフ事件は、けっこう有名だから、犯人を絞る手がかりにはならないと思うよ」

村雨が須田に言った。

「だが、俺は知らなかった」

安積は言った。

「俺も知らなかった。だが、参考になりそうだ」

「でも……」

水野が言った。「一・五ミリって、けっこうな大きさよ。そんなものを体に撃ち込まれて気づかないものかしら……」

須田がこたえた。

「そこが、さすがは秘密警察で巧妙なところなんだよ」

水野が聞き返す。

「巧妙……？」

「そう。暗殺者は、離れたところから撃ち込んだんじゃない。傘でつついたときに撃ち込んだんだ。やられたほうは、傘でつつかれた痛みだと思う。そして、腫れてきたとしても、傘でつつかれたという原因がはっきりとわかっているから、そんなに気にしなかったわけだ。そして、傘でつつかれたことと、高熱を発することが関係あるなんて、思いもしない。そこに因果関係を見つける人なんて、ほとんどいないはずだ」

水野が腕組みをした。

「なるほどね……」

黒木が戻ってきて告げた。

「確認して、折り返し連絡をくれるということです」

安積は、黒木にうなずいてから言った。

「無差別テロにしろ、愉快犯にしろ、今世間に洩れたら影響が大きい。現時点では、箝口令《かんこうれい》を敷けと、課長が言っていた。俺もそうすべきだと思う」

村雨がこたえた。

「了解しました。そのへんのことは、任せてください」

そう、村雨に任せておけばだいじょうぶだと、安積は思った。

須田が何事か考え込んでいる。安積は、気になって尋ねた。

「何を考えている?」

須田は、驚いた顔をみせてから言った。

「いえ……。犯人は、ブルガリアの秘密警察の模倣をしたのかな、と……。だとしたら、たいへんだったろうなって考えたんです」

「たいへん……？」

「ええ。傘型の暗殺用武器は、ＫＧＢの協力を得て、ブルガリアの秘密警察が完成させたって言ったでしょう？　これ、けっこうな技術力なんですよ」

「一般人が作れる代物じゃないってことか？」

「いえ、銃を作るのは不可能じゃないと思います。実際に、ベアリングの金属球を撃てるように、ガスガンを改造するマニアは、けっこういます。そういう改造銃って、ベニア板を簡単に撃ち抜くそうです。問題は、金属球なんです」

「金属球……？」

「そうです。一・五ミリほどの金属球の中にリシンを仕込む空間を作らなければならないんです。これは、なかなかたいへんだと思います」

「なるほど……」

水野が須田に言った。

「リシンを入手するのもたいへんなんじゃない？」

「それがね、トウゴマが手に入れば、比較的簡単に精製できるんだ。実際に、アメリカのシアトル郊外で、三十七歳の男性が、自宅でトウゴマからリシンを精製したということで逮捕されたことがある。ちょっとした知識があれば可能なんだ。ちなみに、そのアメリカの男性は、トウゴマの種子約二キロをネットで入手したということだ」

今は、驚くほど珍しいものが、ネットで手に入る時代になった。警察としては取締や摘発に苦慮することになったわけだが、世の中の趨勢《すうせい》には逆らえない。

水野が言う。

「毒物関連の事件は、入手先が手がかりになるけど、今回の犯人も、ネットで入手したとしたら、追跡がなかなか難しいわね……」

そのとき、電話が鳴り、桜井が近くの受話器を取った。

「はい、強行犯係……」

桜井は、メモを取り、礼を言って電話を切った。そして、安積に報告した。

「病院からです。被害者たちの皮下から、金属球が見つかったそうです」

「やっぱり……」

須田が言った。「犯人は、どうやらマルコフ事件を模倣しているようですね」

「だとしたら……」

村雨が言った。「凶器はコウモリ傘ということになるのでしょうか……」

安積は言った。

「須田はどう思う?」

「それは充分に考えられますね。ブルガリアの秘密警察が、暗殺用の武器を、どうして傘にしたかを考えると……」

「どういうことだ?」

「金属球を人体に撃ち込むほどの空気圧を確保するためには、それなりの容積が必要になります。あまり大きくて目立つと暗殺用の武器にはなりません。充分な太さが確保できないとなると、長さが必要になります。そして、当時のイギリスでは、まだコウモリ傘を持ち歩いている人は珍しくなかったでしょう」

水野が言った。

「でも、日本では、雨でもないのに傘を持ち歩いていると目立つわよ」

「いや……」

珍しく桜井が発言した。「最近では、そうでもないですよ。いつゲリラ豪雨があるかわからない不安定な天気が続いていますからね」

水野が桜井に言う。

「昨日は、晴れていて、ゲリラ豪雨もなかったわね」

「それでも傘の用意をしている人はいます」

「そういう場合は、折りたたみ傘を持つんじゃないかしら」

「そういう場合もありますが、長いコウモリ傘を持っていても、それほど不自然じゃありません」

「傘とは限らんだろう」

村雨が言った。「傘のように細長いもので、目立たないものならいいわけだろう」

須田が言う。

「村チョウ、傘以外で、何かそういうもの、思いつく?」

村雨は、しばらく考えていた。

「いや、なかなか思いつかないな」

「そうだろう。傘というのは、秀逸なアイディアだったと思うよ。傘を持ってすぐ近くにいても、警戒する人はあまりいない」

安積は言った。

「防犯カメラの映像をチェックするとき、傘か、それに相当する何か長い物を所持している人物に留意してくれ」

村雨がみんなを代表してこたえる。

「わかりました」

安積は、村雨に尋ねた。

「搬送現場付近で、聞き込みをやったのか?」

「ええ、ざっとですが……」

「何かわかったか?」

「私のほうは、特にありません」

「須田は?」

「ええと……。俺のほうも、何もないですね」

「わかった。防犯カメラの映像の解析を優先してくれ」

再び、村雨がこたえる。

「了解しました」

「それから、水野はリシンについて詳しく調べてみてくれ」

「わかりました」

須田のほうが予備知識があるかもしれない。だが、須田にはビデオ映像の解析に専念してもらいたかった。水野は鑑識係員の経験があるから適役のはずだ。

みんなが安積の席を離れようとした。そこで、安積は、一瞬ためらった後に言った。

「これは、言う必要のないことかもしれないが、今の段階でマスコミに情報が洩れるとまずい。くれぐれも注意してくれ」

みんなが席に戻ると、安積はふと相楽の席に眼をやった。

相楽班は、まだ全員外出している。コンビニ強盗を追っているのだろう。まだ、被疑者確保の知らせを聞いていない。

相楽が戻って来たら、三人の搬送者の死因が毒殺だったことを、自分から知らせるべきかどうか考えた。

安積が黙っていても、課長から話を聞くかもしれない。

相楽班の助けを借りる可能性が大きくなった。情報を共有しておくことにしたのだから、話しておくべきだ。相楽が帰ってきたらすぐに話をしよう。

安積はそう結論を出した。

「係長、現場の防犯ビデオの解析をしても無駄かもしれません」

午後六時半頃、水野が安積のもとにやってきて、そう告げた。

「どういうことだ？」

「リシンの毒作用には、摂取後四時間から十時間ほどかかるそうです」

「たしか、須田が話していたブルガリア人も、金属球を撃ち込まれて帰宅し、発熱したのはその夜だと言っていたな……」

三人が搬送されたのは、午後一時頃だ。水野が言うとおり、毒が作用するまでに十時間ほどかかるとしたら、被害者たちは、午前三時頃に金属球を撃ち込まれたことになる。

最短の四時間と考えると、午前九時頃だ。

「すぐに、みんなに集まるように言ってくれ」

「はい」

水野に呼ばれて、須田、村雨、黒木、桜井がやってきた。

安積は言った。

「水野が調べたところによると、リシンが毒として作用するのに四時間から十時間ほどかかるらしい。となると、被害者たちは搬送された現場とは別の場所で金属球を撃ち込まれたということになる」

村雨が言った。

「じゃあ、ビデオを解析しても、何も出て来ませんね……」

「被害者たちが、搬送される四時間ないし十時間前、つまり午前三時頃から午前九時頃までどこにいたか、それを調べてくれ」

村雨・桜井組、須田・黒木組は、すぐに出かけていった。彼らは、今日も夜遅くまで聞き込みを続けることになるだろう。

安積は、水野に言った。

「引き続き、リシンについて調べてくれ」

「私も聞き込みに出たほうがいいんじゃないでしょうか」

「俺たちは、バックアップだ。まずは、四人に任せよう」

「わかりました」

そのとき、榊原課長が、課長室から顔を出して安積を呼んだ。

安積が課長室に行くと、榊原が言った。

「警視庁本部では、今捜査本部を設置するのは避けたいという判断らしい」

「うちの署に任せるということですか？」

「有り体に言えば、事態がはっきりするまで、おおげさなことはしたくないということらしい」

「無差別テロの可能性があるんです。決しておおげさじゃないと思いますが」

「マスコミ対策もあるんだと思う。警視庁本部でも、水面下で対策を練るはずだ。公安や警備部も動きはじめる。捜査一課からは、池谷《いけたに》管理官と、一個班がやってくることになっている」

「管理官と捜査一課の係が署に詰めたら、当然記者たちは、何事かと騒ぎはじめますよ」

「副署長が対処する。私もなんとか記者たちを抑える。君たちも協力してくれ。いいか？　間違っても、無差別テロなどという言葉を、記者たちに洩らすな」

「それは、心得ています」

「その後、何かわかったか？」

「被害者たちの皮下から、小さな金属球が見つかったのはご存じですか？」

「ああ、知らせは聞いた。どういうことなんだ？」

「須田によると、何でもかつてのブルガリアの秘密警察が、暗殺用に使った武器と同じなのだそうです」

「ブルガリアの秘密警察……？」

「はい。コウモリ傘の形をした空気銃で撃ち込むのだそうです」

「その武器が実際に使われたことがあるんだな？」

「一九七八年に、イギリスに亡命したブルガリアのジャーナリストが暗殺されたそうです」

「そんな武器が、なぜ今頃、日本で使われたんだ？」

「マニアが武器を再現したということも、充分に考えられます」

「その場合は、愉快犯の可能性が高いな」

「使用されたリシンが、毒作用を発揮するまでには、四時間から十時間かかるのだそうです」

「ずいぶんと幅があるんだな」

「たぶん、使われる条件とか、被害者の体質で変わってくるのだと思いますが……」

「なるほど……」

「三人の被害者が、救急搬送されたのが、午後一時頃です。毒作用までの時間を考えると、リシンを撃ち込まれたのは、午前三時から九時の間ということになります」

「その時刻に、被害者たちがどこで何をしていたのかわかっているのか？」

「今それを調べています」

「わかった。管理官たちが来る前に、ある程度のことを明らかにしておきたい。急いでくれ」

本来なら、管理官を中心に、捜査一課の係員たちと安積班が協力をして捜査に当たるべきだ。彼らが来るまでに、所轄だけで、できるだけのことを調べておけという課長の指示は、見栄《みえ》でしかない。

だが時には、そうした見栄も必要なのだと、安積は理解していた。二言目には、「所轄は何をやっているんだ」などと言いたがる捜査一課の係員もいる。

安積は、礼をして課長室をあとにしようとした。そのとき、電話が鳴り、課長が出た。

「待て、係長」

課長は電話のマイクをてのひらで押さえて言った。「犯人らしい人物から、臨海署宛《あて》にメールが入っているということだ」

犯行声明かもしれない。

安積は、再び課長席の前に戻り、課長が電話を終えるのを待った。

## 5

「メールを転送してもらった」

電話を切ると、榊原課長が言った。ノートパソコンを見つめる。その眉間《みけん》に深いしわが刻まれる。

やがて、課長はパソコンを安積のほうに向けた。安積は、ディスプレイを覗《のぞ》き込んだ。

「東京湾臨海署のみなさん
すでに三人の死因が、リシンであったことについてはおわかりのことと思う。

この先も、死人が出るかもしれない。くれぐれもご注意を」

それだけの文章だった。

「リシンというのは、犯人しか知り得ない情報ですね」

「まだ記者にも洩《も》れていないはずだからな」

「この先も、死人が出るかもしれない、というのは、犯行予告です。手を打たないと……」

「地域課が対処するはずだ。我々がやるべきなのは、一刻も早く犯人を特定することだ」

「はい」

「メールの送り主を特定できるかどうか調べているそうだ。署で手に負えなければ、本部のＳＳＢＣに頼むことになると思う」

ＳＳＢＣは、捜査支援分析センターの略だ。映像解析やパソコンの分析などを行い、情報を蓄積している。

「まずは、被害者たちがどこでリシンを撃ち込まれたのかを割り出すことにします」

「わかった」

安積は課長室を出た。相楽班が戻って来ていた。

安積は、相楽に近づき、言った。

「コンビニ強盗は、どうなった？」

「被疑者を確保しましたよ」

「ごくろうだったな」

「そっちはどうです？」

「三人は、毒殺されたようだ」

「毒殺ですか？」

「リシンという毒が使われたようだ。遺体から、小さな金属球が見つかった。その中にリシンが仕込まれていたようだ」

「やはりテロですかね……」

「わからん。臨海署宛《あて》に、メールが届いて、さらなる犯行を予告してきた」

「メールが……？　いたずらじゃないんですか？」

「死因がリシンだということを知っていた。犯人しか知り得ない情報だ」

「要求も何もなし、ですか？」

「ない。今、メールの送り主を特定できないかどうか、分析しているそうだ」

相楽は、考え込んだ。そして、言った。

「送り主は、おそらくわからないでしょうね。特定できないように工夫しているはずです。でなければ、警察宛にメールなんか送ってこないでしょう」

「そうかもしれないが、いちおうは分析してみなけりゃな」

「そうですね……。で、被害者は別々な場所から救急搬送されたんでしたね。つまり、犯人は複数ということですか？」

「それはまだわからない。リシンが効力を発揮するのに、四時間ないし十時間かかるんだそうだ」

「そりゃやっかいだな。被害者が事件前に、どこで何をしていたか、足跡を追わなければならない」

「今、それをやっている」

「それで、捜査本部はできるんですか？」

「本部から、管理官一人と捜査一課の一個班が来るということだ」

「それだけですか？　もし、無差別テロだったら、そんな規模じゃとても間に合いませんよ」

「俺に言われても困る。本部では、マスコミの眼《め》を気にしているようだ。捜査本部を作ると、マスコミが注目する。まだ、毒殺のことは伏せておきたいようだ」

「伏せておくって……。そんなことは不可能でしょう。記者はじきに嗅《か》ぎつけますよ」

「上の方針だから、従わなきゃならない」

「へえ、安積さんらしくないですね」

「俺らしくない？　何がだ？」

「上が無理な注文をつけてきたら、断固として戦うんじゃないですか？」

「戦う？　そんなことはない。俺はいつも、上からの指示に、ちゃんと従っているつもりだ」

相楽が、妙な笑みを見せた。

「そうですかね……」

「管内で、毒殺の被害者が三人も出た。大きな事件だ。いちおう、事情を知らせておこうと思ってな」

「了解しました」

安積は、相楽のもとを離れ、自分の席に戻った。

「村雨たちから連絡は？」

安積は、残っていた水野に声をかけた。

「まだ何も……」

「そうか」

「みんな、何かあったら、直接係長の携帯電話にかけると思いますよ」

「そうだな……」

今の若い連中は、物心ついたときから携帯電話が身近にあったのだろう。携帯電話の前は、ポケベルで連絡を取り合っていた。

そういう世代に比べ、安積は携帯電話への依存度が低い。いや、個人差もあるのだろう。同年代で、スマートフォンを活用している人だって少なくない。

そうでなければ、ビジネスマンはつとまらないはずだ。

携帯電話やスマートフォンは、たしかに便利だ。だが、安積は便利すぎるものに対して警戒心を抱いている。

不便だからこそ、人間は工夫し、いろいろな技術が身につく。

都会では、誰もが、ボタン一つでガスに点火できる生活を送っている。台所も風呂《ふろ》もボタン一つだ。

だから、都会住まいの人々は、焚《た》き火《び》を作ることもできない。焚きつけから、徐々に火を大きくしていって、薪《たきぎ》に火を移すという技術がない。

おそらく、薪《まき》ストーブを使うこともできないだろう。

携帯電話が普及する前は、必ずいくつかの電話番号を記憶していた。だが、今はすっかり端末の電話帳や着信履歴に頼っている。

科学技術が進歩すれば、それだけ人間の能力が退化する。安積は、そんな気がしており、それがとても残念なことのように思える。

「リシンのことで、その後わかったことはないか?」

「特徴として、経口投与よりも、皮下注射などの非経口投与のほうが、毒性が高いそうです。簡単に言うと、生物の体内でタンパク質を作れなくする毒なんですね。戦時中は、化学兵器としても使用されました。その場合は、エアゾルで使用します。吸い込むと、やはり、四時間から八時間で、発熱、咳、吐き気、関節痛などの症状が起きます」

水野は、特にメモなどを見ずに説明している。すべて頭に入っているようだ。やはり、元鑑識係員は伊達じゃないと、安積は思った。

「散布されたら、大量殺人になりかねない」

安積が言うと、水野はうなずいた。

「解毒剤がないんです」

「やっかいだな……」

「ただし、予防措置があり、対症療法も有効です。リシンを遺伝子操作で無毒化して作ったワクチンを投与すると、リシンに対して抗体ができ、中毒を防ぐことができると言われています。エアゾルで吸入した場合、呼吸補助と一般的な肺水腫の治療が有効です。また、経口摂取した場合は、活性炭などで胃洗浄をし、酸化マグネシウムなどの下剤を使うのが有効だそうです」

「なんだかよくわからないが、予防はできるということだな?」

「ただし、そのワクチンは、おそらく入手困難です」

安積はうなった。

つまりは、予防方法がないのも同然ということだ。もし、ワクチンが入手できたとしても、臨

64

海署管内を訪れる人々全員に投与することなど不可能だ。

エアゾルとしてバラまかれたら、と思うと、安積はぞっとした。

「犯人らしい人物から、臨海署宛にメールがあり、さらに死人が出るかもしれないと言ってきた」

「犯行声明ですか？」

「署名も何もないから、犯行声明とは言えないだろう」

「何か要求は？」

「何もない」

「じゃあ、何のためにメールを送ってきたのでしょう」

「自分の存在を誇示したかったのだろう。手口を見ても、犯人はおそらく自己顕示欲が強いタイプだ。過去の暗殺事件を忠実に再現している」

「では、メールは一度だけではなく、今後も来る可能性が高いですね」

「そうだな。そうなれば、手がかりが増えるかもしれない」

水野はうなずいた。

何かを繰り返すから犯人は捕まる。安積はそう思っている。

たった一度の犯罪なら、捕まる率はぐっと低まる。犯行を繰り返すから、手がかりが残り、犯人が捕まるのだ。

メールも一度だけなら、発信者を特定することはできないかもしれない。だが、何度かメールを送信しているうちに、うっかり手がかりを残すということも考えられるのだ。

水野は、ノートパソコンに向かって、再び何かを調べはじめた。

安積は、しばらく考えてから言った。

「東報新聞の山口記者だが……」

水野は、顔を上げて安積のほうを見た。

「彼女が何か……?」

「女性同士なので、何かと接触することが多いんじゃないかと思ってな……」

水野はかすかに笑った。

「たしかに私たち、共通点があります。男性社会の中にいる異分子……」

「おい、俺はおまえさんを異分子だなんて思っていない。安積班の他の係員だって、俺と同じだ」

「係の仲間は別ですよ」

なるほど、水野の言いたいことはわかる。親しい人々は、水野の実力を評価する。だが、そうでない人たちは、彼女の容姿や態度を評価するのだ。

そして、勝手な妄想を抱く者も出てくる。

おそらく、山口友紀子も、同じ思いをしているのだろう。

「俺では、山口記者に対処できないこともある。そういうときはフォローしてほしい」

水野が驚いたように言った。

「それって、彼女を特別扱いするってことですか？」

「そうじゃない。逆なんだ」

「逆……？」

「彼女は何かと注目を集める」

「美人ですからね」

「他社の記者と同じように接していても、陰口をたたかれる。それは、警察にとっても、彼女にとっても望ましいことじゃない」

「放《ほう》っておけばいいと思いますけど……」

「そうかもしれないが、できるだけ彼女との接触を避けるのが無難だと思う。だが、それでは彼女だけを疎外していることになる。だから、誰かがフォローしなけりゃならない。同じような立場のおまえさんなら、彼女と接触しても、やっかむやつはいない」

水野は、あきれたような顔になった。

「係長。そこまで他人の気持ちを考える必要はないと思いますよ」

「必要はないのかもしれない。だが、考えてしまうのが俺なんだ。今さら改めるつもりはない」

「わかりました。気に留めておきます」

「頼む」

「係長って、そういうところ、本当に須田君に似てますよね」

安積は何もこたえなかった。

そうなのかもしれない。須田のセンチメンタリズムは、他人に伝染すると思っていた。だが、それに一番強く反応していたのは、実は安積なのかもしれない。

午後九時過ぎに、村雨が戻って来て、安積に報告した。

「被害者の一人、岡原信彦、二十九歳。彼は、台場一丁目のビル内にある飲食店でアルバイトをしていました。一人暮らしなので、当日の行動をすべて把握するのは難しいですね」

安積は尋ねた。

「岡原が搬送されたのは、午後一時だったな？」

「ええ。通報が、午後一時ちょうど。四分後に救急車が到着しています」

「そのとき、同行していた人がいたな？」

「はい。及川希美《おいかわのぞみ》、二十四歳。現在渋谷の服飾店でアルバイトをしています」

「二人はいっしょに買い物をしていたんだったな」

「待ち合わせが午前十一時半。それから近くのファストフード店で昼食を食べて、買い物に出かけたようです。及川希美によると、会ったときから、ちょっと熱っぽいと言っていたそうです」

「その日の朝のことは、何か聞き出せなかったか？」

「岡原は、バイトを終えていったん自宅に戻り、それから身支度を調えて、台場に出直したらしいです」

「デートの待ち合わせ場所が、バイト先のすぐそばなのに、わざわざ一度自宅に戻ったのか」

「ええ」

「どうしてそんなことをしたんだろうな」

二人のやり取りを聞いていた水野が言った。

「別に珍しいことじゃないと思います。きっと、自宅に戻ってシャワーでも浴びたかったんでしょう」

「今どきの若い子は、そういうもんなのか？」

「そうだと思います。とくに、付き合いが浅い場合は、過剰に相手に気を使いますから……」

言われてみれば、安積にも覚えがないわけではない。

好きな相手のためならば、電車で一時間や二時間移動するのは平気だった。

「なるほどな……」

村雨が報告を続けた。

「水野が言うとおり、二人は、付き合いはじめてまだ一カ月くらいだということでした」

「バイトが終わったのは何時だ？」

「店で聞いたところ、営業が終わったのが午前五時だということでした。それから、片づけなどをして、店を出たのは七時頃だろうということです」

「帰りの足は？」

「お台場海浜公園駅からゆりかもめに乗り、新橋でＪＲに乗り換え。自宅がある蒲田《かまた》までＪＲ京浜東北線に乗ったものと思われます。デートにやってきたときは、その逆をたどるコースですね」

「他に立ち寄ったところは?」

「今のところ確認できていません。ですが、おそらくまっすぐ自宅に戻ったんだと思います。仮眠くらい取りたいでしょうし……」

「たしかにまっすぐに帰れば、一、二時間は眠れるかもしれない」

「及川希美に、尋ねてみました。岡原が言ったことで、何か特に覚えていることはないかと……」

「コウモリ傘とか……?」

「でも、特別なことは何も言っていなかったとこたえました」

「わかった。ごくろうだった」

「あの……」

「何だ?」

「聞き込みに行くのに、勝手に班分けを変えたんです」

「どういうことだ?」

「自分と須田が一人で聞き込みに行き、黒木と桜井を組ませました」

「別に問題ないんじゃないか。それが一番合理的だと、おまえが判断したんだろう」

「事前に、係長に断っておくべきだったと思いまして」

「かまわないよ」

村雨は、安心したような顔で席に戻った。

いちいち、聞き込みの班分けなんて断ることはないのだ。まったく、杓子定規《しゃくしじょうぎ》なやつだ。

だが、それが村雨という男なのだ。そして、警察官としては、こうしたけじめは実に大切だ。

「犯人らしい人物から、臨海署宛にメールが入った」

「本物ですか?」

「今のところ、犯人しか知り得ないリシンのことが書いてあった」

「何か要求は?」

「ない。自分が何者かということについても、触れていない。さらに犯行を重ねることを示唆していた」

村雨はうなずいた。

「わかりました。須田たちが戻って来たら、私から伝えておきましょう」

杓子定規だが、やはり頼りになる男だ。安積はそんなことを思っていた。


九時十分頃には、黒木と桜井が戻ってきた。黒木が報告を始めた。

「津山雅代、六十七歳。青海二丁目の温泉施設内で倒れ、救急搬送されました。通報の時刻は、十三時二十七分でした。友人二人とともに、事件前夜から温泉施設に宿泊していました」

「宿泊……?」

安積は聞き返した。「……ということは、その日は、朝からずっとその温泉施設にいたということか？」

「いいえ。朝に出かけています」

「出かけた？　どこに？」

「友人の一人の話によると、津山雅代は、ゆりかもめに乗ってみたいと言って、午前七時頃に散歩に出かけたそうです」

「午前七時頃に……？　で、実際にゆりかもめには乗ったのか？」

「それは確認できませんでしたが、友人たちの話によると、津山雅代は、ゆりかもめの一日乗車券を持っていたということです」

「一日乗車券？」

「一日乗り放題で、どこでも乗り降りできるという乗車券です」

「乗車するとしたら、テレコムセンター駅だな……」

「おそらくそうだと思います」

「その後の行動は？」

「津山雅代は、午前十時頃に温泉の宿泊施設に戻ってきたそうです。そして、温泉に入り、昼食をとり……」

「倒れて救急車で運ばれたというわけか」

「はい」

「友人二人は、津山雅代から何か手がかりになるようなことは聞いていなかったのか？」

「何も言っていなかったそうです」

「十時に帰ってきたということは、おそらく、ゆりかもめを何度か途中下車している。どこの駅で降りたか、友人に話していなかったのだろうか」

「二人とも、そういうことは聞いていないと言っていました」

安積は、桜井に尋ねた。

「何か、付け加えることはあるか?」

「いいえ、ありません」

「わかった。ごくろうだった。須田の帰りを待とう」

# 6

須田が戻って来たのは、九時半頃だった。

戻って来るなり、須田は目を丸くして言った。

「亀村貞雄は、ただの来場客じゃなくて、展示をする側だったんですね」

安積は言った。

「何のことかわからん。順を追って話してくれ」

「あ、すいません、係長。亀村貞雄は、仕事でビッグサイトに来ていて、救急搬送されたって聞いてましたよね。だから、俺、てっきり、展示会で来場した客だと思い込んでいたんです」

「ところが、そうじゃなかったということだな？」

「ええ。ビッグサイトでは昨日、文房具の展示会が開かれていまして、亀村貞雄は、都内の文房具メーカーの社員でした。朝から、展示ブースの準備などで、ビッグサイトを訪れていたんですね」

「朝から……？　何時頃にビッグサイトに入ったんだ？」

「朝七時半にはビッグサイトにいたということです」

「交通手段は？」

「新橋から、ゆりかもめを使ったそうです。亀村貞雄の自宅は、港区西新橋三丁目なので……」

「朝、ビッグサイトに着いて、そこでずっと仕事をしていたのか」

「同僚の方は、ほとんどブースを離れなかったと言っていました」

「そして、ビッグサイト内で倒れて、救急車で運ばれた……」

「そういうことです」

「一一九番通報の時刻は？」

「ええと……、十三時五分ですね」

村雨が言った。

「午前七時台に、ゆりかもめに乗っている。それが被害者の共通点ですね」

須田が、すっとんきょうな声を出した。

「え、午前七時……。ゆりかもめ……？　何のことです？」

村雨が、簡単に説明した。

「……というわけで、三人とも午前七時過ぎに、ゆりかもめに乗っていたと思われる」

「へえ……」

須田が滑稽《こっけい》なくらいに真剣な顔で言った。「それって、ゆりかもめの車内か駅で被害にあったってことですかね？」

安積は言った。

「その可能性は、おおいにある。明日から、ゆりかもめの駅で、事件当日の午前七時から九時までの防犯カメラの映像をかき集めてくれ」

「すべての駅から集めますか？」

村雨にそう尋ねられ、安積は考え込んだ。

「ゆりかもめには、十六の駅がある。だが、そのうち、臨海署管内にあるのは、お台場海浜公園駅と豊洲の間の十一駅だ。また、被害者たちの行動を考えると、国際展示場正門から先の駅は無視してかまわないと思う」

村雨が部屋に張られた管内の地図を見ながら言った。

「……ということは、お台場海浜公園、台場、船の科学館、テレコムセンター、青海、国際展示場正門、この六駅ということですね？」

「当面はそれでいいと思う。また、人員のことを考えても、それ以上抱え込むのは無理だ」

水野が言った。

「ＳＳＢＣに頼んだらどうですか？」

「そういう判断は、明日やってくる管理官に任せようと思う」

村雨が安積に言った。

「管理官が来る？　それ、どういうことですか？」

「明日、管理官一名と、本部捜査一課の一個班が臨海署に来ることになっている。彼らといっしょに捜査することになると思う」

須田が、少しばかり心配そうな顔で尋ねた。

「管理官って、誰が来るんでしょうね……」

「池谷管理官らしい」

「捜査一課のどの係が来るかはわかりますか?」

「来てみないとわからない」

村雨が言った。

「じゃあ、明日と言わずに、今夜のうちに防犯カメラの映像を集めておいたほうがよくはないですか?」

駅は、六つ。安積班の人数は、安積を入れて六人。一人が一つの駅を担当すれば済む。

「いや」

安積は村雨に言った。「今日は、もう引きあげることにしよう。明日、人数が増えるんだから、何も今日無理をすることはない」

村雨が眉《まゆ》をひそめて言う。

「でも、明日、管理官の指揮下に入ったら、好きなように動けないかもしれません」

「好きなように動く必要はない。管理官は、情報を集約して、最も効率的な指示を出してくれるだろう。俺たちは、それに従えばいいんだ」

村雨は、一瞬何か言いたそうにしていた。しかし、結局何も言わなかった。

「犯人らしい人物からのメールのことは、村雨から聞いたと思う。そのことも含めて、絶対にマスコミに情報を洩らさないように頼む。リシンが使われたことも秘密だ。いいな」

みんなを代表して須田がこたえた。

「心配しないでください、係長。だいじょうぶです。記者に洩らしたりはしませんよ」

「じゃあ、引きあげるとしよう。おい、須田。居残りはなしだ。全員で引きあげるんだ」

「わかりました」


帰ろうとすると、まだ一階に記者たちが溜《た》まっていた。副署長はとっくに帰宅していたが、記者たちはまだ帰ろうとしない。

おそらく、署内のただならぬ空気に気づいているのだ。

こういうときは、できるだけさりげない雰囲気で通り過ぎるべきだ。

記者たちが寄ってきて、質問を浴びせようとする。

安積は、それを無視するように、水野と村雨に言った。

「どうだ？　軽く飲んでいくか？」

須田、黒木、桜井の三人は、署の上階にある待機寮に戻った。一階までやってきたのは、安積、村雨、水野の三人だけだったのだ。

村雨が、即座に安積の意図を理解して言った。

「いいですね。お供します」

水野も同様にこたえた。

「そういえば、おなかがすきましたね。ダイバーシティにでも行きますか」

記者を振り切り、玄関を出た。

安積は、村雨と水野に言った。

「本当に、ダイバーシティあたりで一杯やっていかないか？」

村雨が驚いた顔で言った。

「あれは、記者に対する芝居だったんじゃないのですか？」

「もちろん、その意味もあったが、久しぶりにどうだ？」

村雨がこたえた。

「じゃあ、本当に一杯だけ」

彼は、子持ちなので、早く自宅に戻りたいのだろう。

「水野はどうする？」

「もちろん、ごいっしょしますよ。最初から行くつもりでしたから」

臨海署から、ダイバーシティまでは、ウエストプロムナードと呼ばれる公園の遊歩道を通り抜け、徒歩でも行ける。だが、さすがに疲れていたし、時間も惜しいので、ゆりかもめで台場駅まで行き、そこから歩いた。

焼肉屋で生ビールを飲むことにした。

安積は、水野に尋ねた。

「もっと、おしゃれな店に行きたかったんじゃないのか？」

「そんなことありません。焼肉屋、上等です」

その言葉どおり、水野は肉や野菜をどんどん注文して、旺盛《おうせい》な食欲を示した。

ビールのジョッキを傾け、水野が言った。

「山口記者、いませんでしたね」

言われて気づいた。そういえば、署の一階に東報新聞の山口友紀子の姿がなかった。

「副署長も引きあげたようだから、もう上がったのかもしれない」

村雨が尋ねる。

「山口記者が、どうかしたんですか?」

どうこたえたらいいか考えていると、水野が言った。

「彼女やり手なんだけど、他のことで男性たちの眼を引いちゃって……」

「それで……?」

村雨の問いに、安積がこたえた。

「うまくコントロールする必要がある。自分が正当に評価されていないことに不満を感じたら、暴走する恐れがある。記者がヤケになると、とんでもないことになるからな」

水野が笑った。

「彼女、そんなにばかじゃないですよ」

村雨が尋ねる。

「記者のことを、俺たちが気にすることなんてないでしょう」

水野が村雨に言う。

「私もそう言ったんですけどね。でも、係長は、こう言うんです。考える必要はないのかもしれない。だが、考えてしまうのが、俺なんだ……」

安積は、聞いていてなんだか恥ずかしくなった。

笑い話にしてほしいと思った。だが、村雨は笑わなかった。

「わかりました。上のほうでは、事件のことを徹底的に秘匿しろと言っているんでしょう？　記者との関係が微妙になるから、私も気をつけておきましょう」

「そうしてもらうと、助かる」

村雨は、本当にビールを一杯しか飲まなかった。安積と水野は、二杯ずつ飲み、肉や野菜を平らげた。

それでも、一時間経《た》っていない。警察官はみんな早食いになる。

さっさと帰って、ゆっくり風呂に入ろう。二人と別れて、安積はそう思った。

マンションまで来ると、玄関の前に人影があるのが見えた。

記者の夜討ちだ。

安積は、うんざりした気分になった。記者は、三人いた。別々の会社の記者だ。その中に、山口友紀子がいた。なるほど、こっちに回っていたのか。

安積は、彼らに言った。

「こんなところにたむろしてちゃだめじゃないか」

男性記者の一人が言う。細身で背の高い男だ。

「何かネタをくれたら、すぐに帰りますよ」

「何も話せない。それはすでにわかっているはずだ」

もう一人の男性記者が言う。こちらは背が低く、太り気味だ。

「三人の救急搬送者が、死亡した件ですけど、死因は何なのですか？」

「わからない」

山口が言った。

「病院でも死因を教えてくれないんです。熱中症ならば、すぐに教えてくれるはずです。警察は何を隠しているんですか？」

「隠しているわけじゃない。本当に発表すべきことがないんだ。病院が死因を教えてくれないって？　そんなことを警察に言われても困るな」

ひょろりとした記者が言った。

「無差別テロなんじゃないかって噂《うわさ》も流れているんですがね……」

「そうなのか？」

安積は、否定も肯定もしない。「俺にはわからない」

小太りが尋ねる。

「これから、捜査はどうなるんですか？」

「さあな。課長あたりに聞いてくれ。俺には、この先のことはわからない」

山口が言う。

「毒物じゃないんですか？」

「さあ、どうだろう。死因の特定は、病院に任せてあるんでね……」

ポーカーフェイスも楽ではない。「さあ、夜中にこんなところにいると、警察を呼ばれるぞ。近所迷惑だし、もう引きあげてくれ」

安積は、手もとを見られないように、彼らに背を向けて、スライドドアの脇《わき》のテンキーを押した。

オートロックのスライドドアが開き、安積は、彼らに手を振ってその奥に進んだ。


翌朝、朝刊を見て驚いた。

東報新聞だ。

「お台場で、救急搬送者三人死亡　毒物か」

社会面にその見出しがあった。

洩れたか……。

安積は、急いでその記事を読んだ。三名が救急搬送されたことが詳しく書かれている。被害者の氏名は、書かれていない。そして、毒物がリシンだったことにも触れていない。

携帯電話が振動した。榊原課長からだった。

「東報新聞、見たか?」

「はい」

「洩れたな?」

「どうでしょう……。被害者の名前や、毒物がリシンだったことも書かれていません。警察から洩れたとは限らないでしょう」

「だが、憶測で記事は書かないだろう。東報新聞は、どこかから毒物だという確証を得たんだ」

「とにかく、署へ向かいます」

「ああ。九時には、本部から管理官たちがやってくる」

「その前に行きます」

「わかった」

電話が切れた。

安積は、大きく息を吐き出した。

部下から洩れたとは思いたくない。東報新聞といえば、山口友紀子だ。

そういえば、昨夜、安積に「毒物ではないか」と尋ねていた。

一瞬、速水の顔が浮かんだ。

だが、すぐに速水ではあり得ないと思った。速水は、物事がよくわかっている男だ。山口に捜査情報を洩らしたら、どういうことになるか、よく理解しているはずだ。

それに、速水は、被害者たちの死因が毒物であることを知らないはずだ。

とにかく、署へ行こう。

安積は、急いで身支度してマンションを出た。

とたんに、大勢の記者に囲まれた。東報新聞の記事を見て押しかけてきたのだろう。山口友紀子の姿はない。

記者たちが質問を浴びせてくる。

「死因が毒物であるというのは、本当ですか？」

「何の毒ですか？」

「無差別殺人ですか？」

「テロじゃないんですか？」

安積は、立ち止まって言った。

「そんなことを、記者が大声で言うべきではないな。近所の人が聞いたらどう思うんだ？」

記者の一人が言った。

「東報新聞だけが、毒物のことを知っていたのは、どういうわけですか？」

「俺がそれを知りたい」

「東報の記者と、何かあるんじゃないですか？」

そういうことを邪推するやつらもいる。安積は、相手にしないことにした。

「急いで署に行かなきゃならないので、失礼する」

安積は、足早に歩きだした。何人かの記者がついてくる。いつもは、最寄りの駅まで十分ほど歩くのだが、記者を振り切りたくて、タクシーを拾った。

そのまま臨海署に向かった。東報新聞の記事について、管理官はどう思うだろう。それを想像すると、さすがに気分が重くなった。

「東報新聞が抜きましたね」

強行犯係は、すでに全員顔をそろえていた。安積の顔を見ると、村雨が、挨拶《あいさつ》も抜きで言った。

安積は席に着き、言った。

「まだ、警察から洩れたと決まったわけじゃない。だが、マスコミの攻勢が一気に強まることは確かだ」

須田が言う。

「リシンであることを発表して、一般に注意を促すことを考えたほうがいいかもしれませんね」

「それは、上の判断だ。俺たちにはどうすることもできない」

村雨が言う。

「まだ、箝口令《かんこうれい》は敷かれたままなんですね？」

「今のところは……。だが、管理官が来て、何を言うかわからない」

午前九時過ぎに、その管理官たちがやってきた。

池谷陽一《ようい ち》管理官だ。彼は、捜査一課の殺人犯捜査第四から第六係を担当する。管理官と共にやってきたのは、佐治基彦《さじもとひこ》係長率いる殺人犯捜査第五係だった。

よりによって、また佐治班か……。

安積は、思った。

佐治とは、捜査本部などで何度かいっしょになっている。優秀だが、頑固で扱いにくい相手だ。

かつて、相楽が佐治と組んでいたことがある。相楽は、佐治を見つけてさっそく近づき、挨拶をしている。

佐治は相楽と仕事をしたがるのではないだろうか。いや、まさか、いくら佐治でも、そんなごり押しはしないだろう。

安積がそんなことを考えていると、榊原課長から呼ばれた。課長室に行くと、榊原が言った。

「朝一で、東報新聞の記事について、署長、副署長から質問を受けた」

「それで……?」

「うちから洩れているはずはないと言っておいた」

「それで、間違いないと思います」

「小会議室で、管理官たちが待っている。係員たちといっしょに、すぐに来てくれ。私は先に行っている」

「了解しました」

榊原課長が小会議室に向かった。

安積は、係員たちに言った。

「全員、小会議室に集合だ」

係員たちの緊張が伝わってくる。普段なら、そんなことはないのだが、今朝は、東報新聞の件がある。

小会議室に入っていくと、池谷管理官と眼が合った。

彼は、東報新聞を手にしていた。

# 7

池谷管理官が言った。

「記事のことは、すでに知っていると思う。混乱を避けるために、できるだけ秘密裡《ひみつり》に捜査を進めたかったが、今後はそうもいかないようだ。捜査一課長が記者発表の内容を検討するが、今後は現場から情報が洩《も》れることのないように、充分留意してくれ」

最後の一言がひっかかった。安積は、臨海署の捜査員から洩れたわけではないと、言明しておかなければならないと思った。

だが、今は発言するときではない。チャンスを待つことにした。

池谷管理官の話が続いた。

「現時点でこちらに来ている情報を整理すると、こういうことだな。第一に、三人の被害者について、救急車要請があったのが、だいたい午後一時過ぎ。第二に、三人の死因は毒物のリシンであり、小さな金属球が体内から発見された。第三に、被害者同士の関連や共通点は見つかっていない……。第四は、犯人と思《おぼ》しき人物から、さらなる犯行を示唆《しさ》するメールが、臨海署宛に届いたこと。その後、何かわかったことはあるか？」

榊原課長が、管理官に言った。

「安積係長から報告させます」

管理官がうなずいた。安積は立ち上がった。

「リシンは、毒が効果を表すまで、四時間ないし十時間かかります。つまり、三人の被害者たちは、倒れた午後一時の四時間ないし十時間前に金属球を撃ち込まれたことになります。そして、三人の被害者がいずれも、午前七時頃に、ゆりかもめに乗っていたという情報を得ております」

池谷管理官が質問した。

「ゆりかもめ？　くわしく話してくれ」

「最初の被害者、岡原信彦は、台場一丁目のビル内にある飲食店でアルバイトをしていました。営業時間が午前五時までで、それから片づけなどして、午前七時頃に、ゆりかもめで帰宅したと見られています。お台場海浜公園駅から乗車して、新橋でＪＲに乗り換え、自宅がある蒲田まで行ったようです」

「朝七時に店を出て、また午後一時にお台場にやってきたというのか？」

「デートだったということです」

安積は、説明を続けた。「第二の被害者、亀村貞雄は、東京国際展示場、通称東京ビッグサイトで、商品の展示の準備をするために、ゆりかもめで新橋から国際展示場正門前までやってきたと見られています。ゆりかもめに乗っていたのは、午前七時頃のようです」

池谷管理官が、独り言のようにつぶやいた。

「午前七時……。ゆりかもめ……」

「そうです。そして、第三の被害者、津山雅代も、午前七時頃にゆりかもめに乗ったものと見られています。前日から、温泉施設に宿泊していたのですが、同行していた友人たちに、ゆりかもめに乗ってみたいと言って、朝散歩に出かけたということです。彼女は、ゆりかもめの一日乗車券を持っていました」

管理官は、佐治係長に言った。

「よし、被害者たちの足取りの確認を取るんだ」

「了解しました」

安積が言った。

「凶器についても、ある程度の目星がついています」

「どういう凶器だ？」

「かつて、ブルガリアの秘密警察で使用していた、コウモリ傘型の空気銃で、金属球を被害者の体内に撃ち込んだ可能性があります」

管理官が怪訝《けげん》な顔で安積を見た。

「ブルガリアの秘密警察……？　いったい、何の話をしているんだ？」

「犯人がそれを模倣しているということも、充分に考えられます」

「じゃあ、犯人はコウモリ傘型の武器を持って、ゆりかもめに乗っていたということか？」

「その可能性が高いと思います」

池谷管理官は、佐治係長に尋ねた。

「今の話、どう思う？」

「コウモリ傘型の武器ですか……。それで、金属球を被害者の体内に……。なんだか、スパイ映画のような話ですね」

「実際に、あった出来事です」

安積は言った。「必要なら、うちの須田に説明させますが……」

佐治係長が言った。

「手短にな……」

安積は、須田にうなずきかけた。安積と入れ替わりで須田が立ち上がった。

「えーと……。一番有名なのは、ゲオルギー・マルコフ事件です。ゲオルギー・マルコフは、ブルガリアの反体制ジャーナリストでしたが、イギリスに亡命してラジオのアナウンサーをやっているときに、何者かにリシンを仕込んだ金属球を撃ち込まれ、死亡しました。そのときに使われたのがコウモリ傘型の武器で、ブルガリアの秘密警察がＫＧＢの援助を受けて作ったものだと言われています」

池谷管理官が困惑した表情で言った。

「それは、いったいいつの話なんだね？」

須田がこたえた。

「一九七八年の出来事です」

「そんなに昔の武器が、日本に現存しているというのか？」

須田は、次第にしどろもどろになっていく。こたえに窮しているわけではない。ただ緊張してしまうのだ。

「あの……、えーと、それについては、係長が言ったとおりで、たぶん、犯人がその武器を模倣しているのではないかと……」

「模倣……？　つまり、真似《まね》をして作ったということか？」

「ええ、ゲオルギー・マルコフに使用された武器とは完全に同じとは言えないと思います」

「完全に同じではない？　そう思う根拠は？」

「それは、えーと……」

須田がちらりと安積を見た。安積は小さくうなずいて見せた。思っていることを話せ、と無言で伝えたのだ。

須田は話しはじめた。

「被害者が、三人いるということです。状況から見て、おそらく三人はそれほど時間を置かずに、次々と金属球を撃ち込まれたのではないかと思います」

池谷管理官が尋ねた。

「それがどうしたというんだ？」

「あの……、ゲオルギー・マルコフに使われたコウモリ傘型の武器は、一度に一発しか撃てませんでした」

「一度に一発……？」

「つまり、金属球を一発しか打ち出せないんです。ところが、今回の事案では、三人が次々と金属球を撃ち込まれています。犯人が傘のようなものを三本も持っていたとは考えられません。つまり、一本で、三発の金属球を撃ち込めると考えたほうが合理的だと思うんです」

「なるほど……」

池谷管理官はうなずいた。

佐治係長が須田に言った。

「もし、実行犯が三人いたとしたらどうなんだ？　昔使われたのと同様の武器が三挺《ちょう》あったわけだ」

須田は何度もうなずいた。

「ええ、もちろんその可能性もあります。犯人が三人いた……。そして、それぞれがコウモリ傘型の武器を持っていた……」

池谷管理官が言った。

「届いたメールからは、犯人が単独か複数かはわからないんだな？」

その質問にこたえたのは、榊原課長だった。

「わかりません。必要ならば、文面を読み上げますが……」

池谷管理官がうなずいた。

「そうしてくれ」

榊原課長が、メールの文面を読み上げた。

こうした重要な捜査資料を印刷して配布することはない。漏洩《ろうえい》の危険があるからだ。たいていは口頭で告げられる。

榊原課長が読み上げたメールの内容を聞き終えると、池谷管理官が言った。

「臨海署宛なんだな？　それについて、何か心当たりは……？」

榊原課長がこたえた。

「心当たりと言われましても、あまりに漠然としておりまして……。もちろん、かつて臨海署が扱った事案の関係者という可能性は高いですが、そんなのは見当のつけようもありません」

「まあ、それはそうだな……。だが、過去に臨海署で類似の事案を扱ったことがないか、いちおう調べてくれ」

榊原課長が、安積のほうを見た。

安積はこたえた。

「わかりました」

「さて、被害者は三人、だが、犯人が単独か複数かはわかっていない、と……。当面は、コウモリ傘を持った人物が、事件当日の午前七時前後に、ゆりかもめ車内か駅で目撃されていないかの聞き込みだ。防犯カメラに映っていたら御の字だ。そっちはＳＳＢＣに任せるとしよう」

さすがは警視庁本部の管理官だと、安積は思った。ＳＳＢＣはもちろん、捜査を支援するために作られた部署だが、所轄にとっては気軽に頼みづらい。

電話一本で解析を依頼する、というわけにはいかない。だが、警視庁本部の捜査一課なら話は別だ。

佐治が挙手した。

「ちょっといいですか？」

池谷管理官が佐治のほうを見て言った。

「何だ？」

「コウモリ傘を模した武器というのが、どうしても引っかかります」

「……と言うと？」

「過去にそういう武器を使った事件があったというだけのことでしょう。しかも、それは海外の話なんですよね。今回の凶器が、そのような武器だと決まったわけじゃありません」

池谷管理官が榊原課長に尋ねた。

「その点については、どう考えている？」

「もちろん、まだ凶器について確認されたわけではないので、何とも言えませんが……。たしかに、慎重になる必要はあると思いますね」

「言われてみると、一九七八年だかに、イギリスで使用された武器を、犯人が使っているというのは、ちょっと考えにくい気がするな……。今ならもっと技術的に進歩しているのではないのか？」

榊原課長が、困ったような顔で安積を見た。

「よろしいでしょうか？」

安積が発言を求めた。管理官がうなずく。

「安積班では、コウモリ傘型の武器が使用されたと考えているんだな?」

「それは、我々の間でも議論になりました。今、管理官が言われたように、一九七八年当時に比べれば、さまざまな技術は格段に進歩しています。しかし、拳銃《けんじゅう》などの構造は、その当時とそれほど変わってはいません。つまり、武器の基本的構造は、第二次世界大戦以降、それほど変わっていないのではないでしょうか」

「それはそうだが……」

「須田が、リシンという言葉から、ゲオルギー・マルコフ事件のことを思い出しました。もしかしたら、同様の武器が使われたかもしれないと思い、被害者の遺体を解剖した病院に確認してみました。その時点では、まだ確認されていませんでしたが、その後三人の遺体を調べたところ、ゲオルギー・マルコフ事件のときと同様の金属球が皮下から見つかったのです」

「待ってくれ。こちらから確認を頼んで、初めて金属球が見つかったというのか?」

「そうです。そして、この金属球というのが大きな要素だと、我々は考えています」

「どういうことだ?」

「リシンは、化学兵器として使用する場合、エアゾルとして使うことが多いらしいのです。無差別テロなら、エアゾルのほうがずっと簡単で効果的です。リシンを仕込めるような穴を開けた小さな金属球を作るのは、簡単ではないはずです。なのに、犯人はあえて金属球を使った。何かのこだわりがあるのかもしれません。犯人は、ゲオルギー・マルコフ事件のことを知っていたに違いありません。そして、そのときに使われた武器を再現したのではないでしょうか」

ほとんど須田の受け売りだ。

だが、話しているうちに蓋然性《がいぜんせい》は高いという気がしてきた。

犯人は、明らかに何かのこだわりを持っている。でなければ、警察署宛にメールなど送ってこないだろう。

池谷管理官が言った。

「なるほど……。なかなか説得力があるように思うが、佐治係長、どうだ？」

「根拠がありませんね。そういう未確認情報に振り回されたくはありません。コウモリ傘にこだわらずに、不審な行動を取った者を洗い出すべきだと思いますね」

それでは、時間と人手がいくつあっても足りない。

安積は思った。

一刻も早く、しかも、警視庁一個班と安積班だけという限られた人員で犯人を特定し、検挙しなければならないのだ。

佐治は、大がかりな捜査本部や特捜本部での捜査に慣れてしまっているのだろう。だから、所轄の発想に馴染《なじ》まないのだ。

人数の限られた所轄では、自然と筋読みが大切になってくる。それが、刑事の腕の見せ所でもある。

警視庁本部の捜査一課の連中は、たしかに優秀だ。選ばれた捜査員だという誇りも持っている。だが、大集団で捜査することがすっかり習慣化してしまっているのは否定できないだろう。

少人数で難しい捜査をしなければならない場合は、当然、捜査本部などとは違った方法をとらねばならないと思った。

だが、安積は何も言わずにいることにした。

その点、俺はすっかり大人になってしまった。安積は、そんなことを思っていた。

何も、でしゃばって波風を立てることはない。管理官を信用していればいいのだ。池谷管理官は、間違いなく頼りになる。

何か必要があれば、榊原課長が言ってくれるだろう。それが課長の役目だ。

「わかった」

池谷管理官が言った。「取りあえずは、コウモリ傘に絞って聞き込みと、ビデオ解析を進めよう。その段階で犯人が割れたら御の字だ。もし、それでだめなら、条件を広げて聞き込みを続けるんだ」

やはり、池谷管理官の指示は適切だ。安積は、ほっとしていた。佐治の意見に同調してしまうのではないかと、はらはらしていたのだ。

「さあ、時間がないぞ。次の犯行がいつ起きるかわからない」

管理官にそう促されて、榊原課長と佐治係長が、班分けを始めた。

安積班のメンバーは、本庁の捜査員と二人一組になった。これは、捜査本部でよく見られる班分けだった。

本部捜査一課の捜査員は、捜査能力に自信を持っているし、所轄の捜査員は地元の地理や事情に明るい。

役割分担ということなのだが、口の悪い捜査一課の係員などは、所轄のことを「道案内」などと言ったりする。

もちろん安積は、所轄の捜査員が断じて「道案内」などではないと思っている。

安積は、外回りではなく予備班として小会議室に残るように言われた。そして、過去に臨海署で扱った事案を調べることになった。

記録を読み返す地味な仕事だ。だが、捜査においては、こういう地道な作業が重要であることを、安積はよく心得ていた。

署内に捜査本部などの特別な組織が設置されると、その部屋にはたいてい「戒名《かいみよう》」と呼ばれる張り紙が出される。

張り紙には、事件名を記すことが多いが、今回は、単に「池谷管理官」とだけ書かれた。これも珍しいことではない。警視庁本部からやってきた係や小隊の長の名前が書かれる場合もある。

例えば、「佐治班」といった具合だ。

池谷管理官とともに、安積班と捜査一課の佐治班が詰めることになったこの小会議室のことを、単に「管理官室」と呼ぶことになった。これもマスコミ対策だ。

捜査員たちが聞き込みなどに出かけて行き、また、榊原課長は自席に戻ったので、管理官室には、池谷管理官、佐治係長、そして安積が残っていた。その他には連絡や庶務を担当する係員が二人いるだけだ。

池谷管理官が安積に言った。

「安積係長には、もう一つやってもらいたいことがある」

「何でしょう?」

「東報新聞の件だ。副署長や課長から、いちおう説明は受けている。臨海署の刑事から洩れたわけではないと……。だが、はっきりしたことはわからない。そこで、どういうルートから洩れたのか確認してほしいんだ。今、副署長や捜査一課理事官もマスコミの対応に追われている。今後も洩れるようなことがあれば、情報をコントロールしきれなくなる」

あからさまに安積班のことを非難はしていない。だが、どうやら池谷管理官は、安積班、あるいは臨海署の刑事課から洩れたと考えているようだ。

断じてそのようなことはない。そう言おうかとも思った。だが、まだその時期ではない。確証がないのだ。言われたとおり、どこから洩れたのかを解明する必要があるだろう。

「わかりました」

そうは言ったが、どこから手を着けていいのかわからなかった。頼りにしている部下たちは、佐治班の捜査員と聞き込みに出かけている。

さて、どうしたものか……。

安積は考えた。

事件の捜査が先決だ。安積は、まず過去の捜査資料を手配することにした。幸いなことに、ある程度はデータベース化されている。昔のように、段ボール箱を引っ張り出して古いファイルをめくるという作業は、最低限で済みそうだ。

安積は、刑事総務係に電話した。

# 8

「はい、刑事総務」

「安積だ。頼みたいことがある」

「係長に代わりましょうか?」

「頼む」

「お待ちください」

しばらくして、刑事総務係長の岩城《いわき》栄二《えいじ》の声が聞こえてきた。安積と同じ警部補だ。

「頼み事だって? いつだって、強行犯係の頼み事はろくなことじゃない」

岩城は、口は悪いが頼りになるやつだ。見た目は豪放磊落《ごうほうらいらく》なのだが、実は細かなところまで気配りがきき、慎重だ。

刑事総務にはもってこいの男なのだ。

「まあ、ろくでもない事案を担当するわけだからな」

「それで……?」

「三人が救急搬送されて死亡した件、知っているな?」

「毒殺だろう?」

「そこまで知ってるのか?」

「今朝の新聞に出てたじゃないか」

「それについて、犯人らしい人物からメールが届いたことは……？」

「課長から聞いている。だが、メールの内容までは知らない」

署内の情報管理としては、まずまずだと、安積は思った。

誰もが捜査の進捗《しんちょく》状況をすべて知っていたら、情報は洩れ放題だ。

「内容については詳しく言えないが、犯人は臨海署宛にメールを送ってきた。警視庁本部ではなく、臨海署だ」

「つまり、臨海署と関《かか》わりがある人物が犯人ということか？」

「まだそこまでは断定できない。だが、そこに何かの手がかりがあるかもしれない。臨海署が検挙した類似の事件の被疑者を調べたい」

「類似の事件って何だ？　毒殺か？」

岩城にどこまで教えるべきか考えた。捜査を手伝ってもらうからには、ある程度のことは教えなければならないだろう。

「この件についての情報を、マスコミに流したくない。本部は箝口令《かんこうれい》を敷いた」

「箝口令って……。もう、東報新聞には毒物だってことが洩れているじゃないか」

「だから、これ以上は洩れないようにしたい」

「これ以上って何だ？」

「こいつはテロかもしれない」

「テロだって?」

「それも、無差別テロだ。それを公表すればパニックを誘発しかねない。各方面にいろいろな悪影響が出るだろう。だから、できれば秘密裡に捜査を進めたいと、本部では考えているようだ」

「記者だって必死だぞ。毒物だってことが洩れたんだ。それ以上のことを嗅《か》ぎつけるのは、時間の問題だぞ」

「だから急いでいる」

「なるほどな……。急いでいる上に、なるべく秘密にしたい、か……」

「そういうことだ」

「やっぱり、強行犯係からの頼み事は、ろくなことじゃない」

「済まんな」

「しょうがない。部下には話さず、俺が直接調べる」

岩城も忙しいはずだ。安積は、頼んでおきながら申し訳なくなった。

岩城が続けて言った。

「無差別テロ、あるいは毒殺で、臨海署が被疑者を検挙した事案を洗い出せと……。つまり、そういうことだな?」

「それでいい」

「期間は……?」

「臨海署ができてから最近の事件までだ」

「一九八〇年代の終わりからということだな」

「済まんが、頼む」

「何度も、済まん、などと言わなくていい。俺も刑事課なんだ。じゃあな」

電話が切れた。

俺たち強行犯係は、こういう連中に支えられているんだ。それを忘れてはいけない。安積は、そう思った。

受話器を置いた安積は、次に東報新聞の記事について考えた。

どこから手を着けたらいいものか……。

そのとき、またしても速水の顔が頭に浮かんだ。

安積は時計を見た。そろそろ昼時だ。管理官と佐治係長には仕出し弁当が用意されているはずだが、安積は注文していなかった。

安積は池谷管理官に言った。

「ちょっと席を外します」

「ああ……」

管理官室と名付けられた小会議室を出ると、安積は、交機隊の分駐所に向かった。ここだけは、東京湾臨海署の庁舎の中でも、ちょっと異質な雰囲気だ。

交機隊は、警視庁本部の所属だ。臨海署にその分駐所が置かれているのは、『ベイエリア分署』と呼ばれた旧東京湾臨海署の頃からの伝統だ。

通りかかった交機隊員に尋ねた。

「速水小隊長は？」

「席におられます」

ふと、好奇心に駆られて尋ねた。

「君は、速水小隊の隊員か？」

「そうです」

「じゃあ、小隊長のことをヘッドと呼んだりするのか？」

若い隊員は笑った。

「それは昔の話ですよ」

「そうか。それを聞いて安心した」

速水は、自分の席で書類仕事をしていた。椅子《いす》に座っていなければならないのが、いかにも窮屈そうに見える。

安積を見つけると、しかめ面をして言った。

「おい、パトロールは俺の仕事だぞ」

「ちょっと話ができないか？」

速水は机上の書類の束を見て言った。

「俺は、書類仕事が大好きなんで、席を立ちたくないんだが、強行犯係の班長がどうしてもというのなら、付き合ってもいい」

「どうしてもだ」

「わかった。屋上にでも行くか」

「外はおそろしく暑いぞ」

「交機隊員は気にしない」

二人で屋上に出た。勤務時間中に屋上に来る署員はあまりいない。たしかに話をするにはもってこいだ。

コンクリートの床が晩夏の太陽を反射している。だが、思ったより暑くはなかった。潮風のおかげだ。

昔は大きな建物といえば、船の科学館くらいで、見晴らしがよかった。小さな旧庁舎からも太平洋が見渡せたものだ。

今は周りに大きなビルが建ってしまった。それでも、潮風は吹いている。

「何の話だ?」

速水が、対岸の大井ふ頭のほうを眺めながら尋ねた。安積はこたえた。

「東報新聞の記事だ」

「毒物云々のことだな?」

「そうだ」

「おまえが山口友紀子に洩らしたのか?」

「冗談じゃない」

「なら、どうしてそんな深刻そうな顔をしているんだ?」

「この顔は生まれつきだ」

速水はふんと鼻で笑った。

「俺にそんな言い方が通用すると思うのか?」

安積は戸惑った。

「俺が何か悩んでいるように見えるのか?」

「あるいは、何かを心配している」

言われて気づいた。

「俺は、山口の立場を心配しているのかもしれない。ただでさえ、他社の記者からやっかまれているのに、今回のことで余計に立場が悪くなるかもしれない」

「山口が抜いたと思っているのか?」

「東報新聞の臨海署担当は彼女だ」

「だからといって、彼女が抜いたとは限らない。東報新聞には、記者がたくさんいるんだ」

「そうだといいがな……」

「山口は、分別のあるやつだ。警察が隠したい事実を記事にすれば、どういうことになるかよくわかっているはずだ」

「にもかかわらず、抜くのがマスコミだろう。彼らは、社会的な影響などということは考えていない。他社に勝てばいいんだ。今のご時世、スクープを取ったからといって新聞が売れたり、視聴率がアップするわけじゃない。それでも、彼らは抜いた抜かれたを繰り返す」

「まあ、それが記者ってもんだからな」

「そう。それが記者だ。だから、分別があろうとなかろうと、抜けるときは抜く。山口もそうだろう」

「それで、俺にどうしろと言うんだ？」

「俺は、洩れたルートを解明しなければならない」

「山口に、直接訊《き》いてみればいい」

「彼女が本当のことを言うと思うか？」

「刑事だろう？　相手が嘘《うそ》を言っていればわかるんじゃないのか？」

「そうかもしれないが……」

速水が大井ふ頭のほうを眺めたまま尋ねた。

「おまえは、どうしてそんなに山口のことを気にしているんだ？」

「彼女は、男社会の中でがんばっている。ああいう立場にいると、実力が正当に評価されないことがある。長い付き合いだから、それが気にかかるんだ」

「彼女に気があるんじゃないのか？」

安積は、速水の横顔を見た。茶化しているような表情ではなかった。

「もしそうだとしたら、おまえは面白がるんだろうな。だが、残念だが、そういうことではない」

速水が安積のほうを見た。

「だったら、自分で直接尋ねればいい。俺に頼ることはない」

「勘違いするな。おまえに彼女と話をしろとは言っていない。おまえが言うとおり、それは俺がやるべきだろう」

「じゃあ、俺に何をしろというんだ？」

「署内のパトロールをしているんだろう？　何か気になることがあったら、知らせてほしい」

「気になること……？」

「どこかから洩れたことは間違いないんだ」

「おまえ、俺を興信所か何かと間違えてないか？」

「たぶん、間違えてはいない」

速水はにやりと笑った。

「人に何かを頼むときは、それなりの言い方があるだろう」

「刑事総務の岩城に言われたよ。何度も、済まん、などと言わなくていいってな。だが、おまえにも言わなければならない。済まんが、手伝ってくれ」

速水は満足げにうなずいた。

「安積班長の頼みとあらば、断るわけにはいかないな」

「頼りにしている」

「その一言は、殺し文句だな。山口と話をするときだが……」

「何だ?」

「場所と時間に気をつけろ。へたをすると、また他社の記者たちが邪推をする」

「わかっている」

「それと……」

「それと?」

「抜いたのが山口だと決めつけるような言い方はやめろ」

「わかっている」

速水はうなずいて手すりを離れ、安積よりも先に屋上を去った。

一人屋上に残った安積は、速水が眺めていた大井ふ頭のほうを見やって思った。

たしかに俺は、山口友紀子のことを気にかけている。彼女の立場を考えて、故意に遠ざけようとしたり、そのためのフォローを水野に頼んだり……。

それは余計なことなのではないか。世の中に女性記者はたくさんいる。一昔前よりもずいぶんと増えた。

サツ回りをやっている女性記者もいれば、政治家の番記者にも女性がいる。

山口は別に特別ではないのだ。だが、つい気にしてしまうのは、ただ単に付き合いが長いからだろうか。

速水の言い方が気になった。

いや、そうじゃない。

安積は思った。

俺は、山口に気があるわけじゃない。臨海署の担当記者の中で、女性は彼女だけだ。それはなかなか辛《つら》い立場だろう。それがわかっているから放《ほう》っておけないのだ。

立場は違うが、彼女に対して部下に抱くような親しみを感じているのは確かだ。先輩の警察官の中には、若い頃にサツ回りをやっていた記者と長年にわたって付き合っている人もいる。時には、刑事と記者の間に、立場を超えた共感が生まれることがある。

俺と山口もそうした関係なのではないか。

おそらくそうだと、安積は思った。

たしかに、俺は山口を気に入っている。だが、それは記者として、いや、もっと言えば人間として気に入っているのだ。

他社の男性記者の中には、やっかみ半分で、彼女が女性であることを利用していると言うやつがいる。

それの何が悪いんだと、安積は思う。

利用できるものは何でも利用すればいいのだ。

もし、本当にその男性記者の言うとおりだとしても、籠絡《ろうらく》される男のほうが悪いのだ。

安積は、山口に電話することにした。

彼女は、呼び出し音二回で出た。

「安積係長、珍しいですね、電話をいただけるなんて……」

「今朝の朝刊の記事のことで話がしたい」

ちょっとの間があった。

「おっしゃりたいことはわかります。毒殺の可能性を記事にしたことに対して、抗議されたいのでしょう」

「電話では話しにくい」

「いいですよ。係長と直接話ができるなんて、願ってもない機会ですから……。どこにうかがえばいいですか?」

「昨夜のように、夜討ちに来てくれれば、時間を作る」

「他社の記者もいっしょですよ」

「仕方がないので、すべての記者と個別に面談することにする」

捜査一課長なども やっていることだ。課長官舎には、毎日十人から二十人の記者がおしかける。捜査一課長は、それらの記者に時間を決めて個別に自宅に招き入れて面談をするのだ。

安積の自宅への夜討ちなら、おそらく多くて四、五人だろう。たいした手間ではない。

「わかりました」

山口が言った。「では、お宅のほうにお邪魔します」

安積は電話を切ると、昼食をとるために食堂に向かった。

管理官室に戻ると、安積宛のメモが残っていた。岩城刑事総務係長からだ。電話をくれ、とある。

　安積はすぐに内線電話をかけた。

「安積だが……」

「ああ、ざっと洗い出した」

「早いな」

　さすがに、岩城だ。「すぐに行く」

　安積は、池谷管理官に言った。

「また、ちょっと席を外します」

「安積係長」

「はい……」

「いちいち断らなくてもいいよ。好きに動いてくれ」

「了解しました」

　岩城の席に行くと、パソコンの画面を見せられた。事件名と、発生の年月日が列記してある。

「思ったより少ないな」

「管内でテロ事案なんて記憶にあるか？」

「いや、あまりない」

「いつぞやの、インフルエンザをバイオテロだと言って大騒ぎした件も入れておいた」

「ああ、そんなこともあったな」

「毒殺も少ない。もともと、毒殺は殺人の手口の中では少ないほうなんだ」

「そうだな」

殺人事件というと、計画性のある事件だと思われがちだが、それは、ドラマや小説の影響だ。実は、衝動的殺人が多数を占めるのだ。だから、毒殺は少ない。

岩城が言った。

「全部で九件だ。もっとも、検索の条件を変えればもっとひっかかってくるはずだが……」

「今のところは、これでいい。この中で何か気になるものはあるか？」

「毒物とかテロには直接関係ないんだが、どうも気になる事案が一つあって、それも入れておいた」

「どんな事案だ？」

「傷害致死。被疑者がずっと犯行を否定していた。判決後も、控訴して、一貫して無罪を主張していた。四年半ほど前に五年の刑が確定した。安積班が担当した事案だ」

「四年半ほど前……。あの事件か……。受刑者の名前は、たしか宮間《みやま》政一《せいいち》だったな」

「覚えていたか……」

「扱った事案は忘れない」

「被疑者がずっと無罪を主張していたというのがひっかかってな……。その他は、ライブハウスで青酸カリが使用された事案だとか……」

それも覚えていた。

「その九件の資料を詳しく調べ直したい」

「そろえてあるよ。そこの段ボール箱だ。持っていくといい」

「貸し出しの手続きとかは……」

「俺のほうでやっておく」

「済まんな」

「また、それを言う」

安積は、段ボール箱をかかえて、管理官室に戻った。

テーブルに乗せた箱からファイルされた資料を取り出して読みはじめると、池谷管理官が安積に声をかけた。

「それは何の資料だ？」

「臨海署で扱った毒物を使用した殺人やテロに関する事案の資料です」

「何かわかりそうか？」

「これから詳しく調べてみます」

「急いでくれ。時間が勝負だぞ」

「わかりました」

管理官は、佐治に尋ねた。

「防犯カメラのほうはどうだ？」

「ＳＳＢＣが、ゆりかもめの駅から映像データを集めて、解析を始めるところです」

「聞き込みの結果は?」

「まだ報告がありません」

「映像解析には時間がかかるからな……。なんとか目撃情報を得たいものだ」

「きっと出ます」

佐治が力強く言った。この押し出しの強さは学ぶべきかもしれないと安積は思った。

ふと気になって、安積は佐治に尋ねた。

「防犯カメラの映像データは、ゆりかもめのどの駅から収集するんですか?」

「もちろん全駅から集める」

昨夜、安積たちは、お台場海浜公園、台場、船の科学館、テレコムセンター、青海、国際展示場正門、この六駅に絞って収集をしようと話し合っていた。

時間の関係からそうすべきだと思ったのだ。所轄の捜査員の人数は限られている。だから、つい効率を優先してしまう。

だが、本来は捜査範囲をできるだけ広く取るべきなのだ。捜査一課とSSBCにならそれが可能だろう。

安積は、彼らのやり方に口出しするのはやめておくことにした。

それよりも、過去の事案の資料を読むことだ。

宮間の件を真っ先に手に取った。岩城が言ったように、指示した条件からは外れている。だが、岩城がこの事案をリストに加えたのには、何か意味があるはずだ。

資料を読み進むうちに、当時のことをありありと思い出した。なんだか、事件の再検証を強いられているようだ。

安積は、そんなことを思いはじめていた。

# 9

ずいぶん前の事件のように感じていたが、実は、それほど昔のことではない。岩城刑事総務係長が言っていたとおり、四年半ほど前に刑が確定した事件だ。

まだ、新庁舎ができる前だ。強行犯係は安積班だけで、まだ水野はいなかった。

傷害致死で五年の刑だった。満期の服役ならば、まだ刑務所の中ということになる。だが、もしかしたら仮出所が認められて、すでに刑務所の外にいる可能性もある。

受刑者の宮間政一は当時、お台場にあるテレビ局の報道記者だった。敏腕で数々のスクープ映像をものにしていた。

猪突猛進型で、怖いもの知らずというのが周囲の評判だった。その性格が災いして犯罪に及んでしまった。

被害者は、喜田川《きたがわ》琢治《たくじ》。年齢は、当時四十五歳だった。

喜田川琢治は、投資ファンド会社の代表取締役だった。つまり、広く投資家から資金を集め、それを運用して配当金を分配する会社の社長だ。

集めた資金で、M&Aなどもやっていた。つまり、企業合併、企業買収だ。喜田川の会社、青《あお》海《み》ファイナンスは、一応まっとうな会社だった。

だが、実際は、暴力団・坂東《ばんどう》連合のフロント企業だった。喜田川が稼いだ金は、傘下の二次団体を通じて坂東連合に流れていたのだ。

その事実は、宮間が事件を起こしたことで、世の中に知られるようになった。青海ファイナンスに投資していた個人投資家たちですら、その事実を知らなかったのだ。

喜田川たちは、それほど巧妙に振る舞っていたのだ。だが、それに宮間が食らいついた。彼は、最小限のクルーを率いて、喜田川を追いつづけた。

その過程で、クルーの一人が事故死する。若いカメラマンだったが、彼は深夜に帰宅途中、ひき逃げにあったのだ。

車のあまり通らない、住宅街の中を走る細い通りで起きた事件だった。明らかに不自然だったが、犯人が出頭したことで、ひき逃げ事件の捜査は終了した。

ひき逃げ事件は交通課が担当する。安積班が直接担当したわけではなかった。

宮間は、この件で、警察に食ってかかった。

カメラマンが死んだのは、喜田川のせいだと言うのだ。出頭したのは、喜田川と関係ある暴力団の構成員か、準構成員に違いないと、彼は繰り返し警察で主張した。

だが、出頭したひき逃げ犯と喜田川を結びつける証拠は何一つなかった。喜田川は、投資ファンドの社長に過ぎないのだ。それは、仮の姿などではない。正式な身分なのだ。

動こうとしない警察に業を煮やしたのだろう。宮間は、喜田川の自宅を直接訪ねた。話をしているうちに、揉《も》み合いになり、かっとなって殴りつけた。

当たり所が悪かったとしか思えない。人は殴られただけで簡単に死ぬようなことは滅多にない。

だが、このときにはそれが起きたのだ。

急性硬膜外血腫《けっしゅ》だった。

喜田川が意識を失ったのは、室外にいたボディーガードたちが宮間を取り押さえて、警察に通報した後のことだった。病院に収容されたが、やがて死亡した。

傷害罪で現行犯逮捕された宮間は、起訴されたときは殺人罪の被告人になっていた。

だが、宮間は犯行を一切否認していた。弁護士とは意見が食い違っていたようだ。結局、弁護士は罪を認めるが、殺意は認めないと主張し、殺人罪ではなく傷害致死罪を勝ち取り、刑期は五年となった。

殺人罪で起訴した検察の求刑が十五年だったのだから、これは大幅な減刑と言えた。おそらく、弁護士は満足だっただろう。

だが、その後も、宮間は無罪を主張しつづけていると、安積は聞いたことがあった。被告が無罪を主張しているのに、弁護士がそれを受け容《い》れないというのは、妙な話だと思われるかもしれない。

その背後には、起訴されたら九十九・九パーセントが有罪という有罪率の高さがある。戦っても無罪などとうてい勝ち取れるものではないと、弁護士ははなからあきらめているのだ。

むなしい戦いをするよりも、条件闘争に持ち込んだほうがいい。刑事裁判において、弁護士は常にそう考える。

宮間が喜田川の自宅に乗り込んだことは間違いない。そして、ボディーガードたちは、言い争う姿を見ている。

宮間の犯行に疑いを持つ者はいなかった。ただ一人、宮間だけは無罪を主張していたが、その声は弁護士の思惑によってかき消されたのだ。

裁判の最中から、人々の関心は宮間が有罪か無罪か、などではなく、被害者となった喜田川の所業に向けられていた。

彼の会社である青海ファイナンスは、一応まっとうな会社だ。つまり、喜田川もまっとうな社長ということになるが、売り上げのかなりの部分が坂東連合に流れたという事実は、マスコミの関心を引いた。

報道は過熱気味で、宮間のクルーであるカメラマンが、ひき逃げにあい、死亡したことなども取り上げられた。

ひき逃げ事件がいかに不自然かを、宮間が警察に訴えていたことも一部の週刊誌などで報道された。

その頃から、宮間を罪に問うのはおかしいのではないかという論調が見られるようになる。そういう意見は、マスコミよりもネットで広まり、ちょっとしたブームになった。その筋では、「祭」と呼ぶ現象だ。

安積は、宮間の件の記録を読み進むうちに、ひどく落ち着かない気分になってきた。

もちろん、喜田川の自宅に乗り込むなど、宮間に非があるのは明らかだ。だが、その背景を探ると、いろいろと問題が出て来そうだと、安積は感じた。

宮間事件は、単純な傷害致死事件として処理されたが、ひき逃げの疑問は残る。たしかに、形式上はひき逃げ事件も解決している。

だが、宮間本人や彼の周辺にいた人々は納得していないだろう。そこが、ひっかかった。安積は、何度も当時の捜査資料を読み直して考え込んでいた。

他にも八件の捜査資料がある。

次の資料を手にとって読み進んだ。ライブハウスで起きた毒物殺人の件だった。特に気になるところはない。

次の資料は、インフルエンザの外国人をバイオテロではないかと疑い、ちょっとした騒ぎになった件だった。これも、今さら問題になることはなさそうだ。

結局、残りの六件も、安積の心のセンサーにはひっかからなかった。やはり、宮間の件がいちばん気になる。安積は、もう一度宮間事件の捜査資料に戻り、読み直した。

誰かの意見が聞きたい。

こういうときに頼りになるのは、やはり須田だった。彼は、普通の刑事とは違う視点でものを考えてくれる。

宮間の逮捕、送検、起訴、いずれも問題はない。裁判の判決も妥当なものだ。しかも、確定しているので、再審でもない限り、今さら事件をほじくり返すことはできない。

だが、一貫して犯行を否認していたという点が気になる。犯行を否認しつづけていると、反省の色が見られないということで、量刑がきつくなるものだ。

宮間は、それを充分に承知していたはずだ。そして、弁護士が罪を認めるように説得したに違いない。無罪など勝ち取ることができないのは明らかだからだ。弁護士としては、少しでも罪を軽くすることを考えるだろう。

にもかかわらず、犯行を否認しつづけたというのだ。

考え込んでいると、池谷管理官に声をかけられた。

「安積係長。何か気になるものを見つけたようだな」

安積は、顔を上げてこたえた。

「はい。五年ほど前の事案なんですが……」

「どんな事件だ？」

「当時テレビ局の記者だった宮間政一という人物が、投資ファンド会社の社長を襲撃し、死に至らしめたという事件です」

「ああ、覚えている。宮間事件だな。けっこう世の中を騒がしたからな。だが、それはずいぶん前に刑が確定して、宮間は服役しているはずだ」

「たしかに、おっしゃるとおりです。でも、何かひっかかるものがあるんです」

二人のやり取りを聞いていた、佐治係長が言った。

「何がどうひっかかるんだ？」

「うまく説明できません。しかし、おそらくこの事案が気になっているのは、私だけではありません」

「安積係長だけじゃない……?」

「ええ、私は、刑事総務係長に、毒物、あるいはテロに関する事案を集めてくれと依頼しました。でも、彼はリストの中に、この事案を入れて来たのです。この事案は、毒物殺人でもテロでもありません。刑事総務係長に、この件を選ばせる何かの要素があったに違いありません」

「あんたの話は、漠然とし過ぎている」

「それは自覚しています」

佐治は、池谷管理官に言った。

「私にも、事件の概要を教えていただけますか?」

池谷管理官が、安積に言う。

「説明してやってくれないか」

安積は、事件のあらましを語った。話を聞き終わった佐治が言った。

「刑は確定したんだろう。話を聞くと、間違いなく有罪だ。血の気の多いやつが、仲間を殺されたと勝手に思い込み、ファンド会社の社長を襲撃した。それだけのことだろう」

本当にそれだけなのだろうか。安積は、そう考えながら言った。

「この件を、当時担当した係員たちと検討してみてよろしいでしょうか?」

池谷管理官は、佐治を見て言った。

「どう思う?」

佐治は苦い顔で言った。

「人手が足りないんです。余計なことに割く人員はありませんね」

過去の事案を洗い直せというのは、管理官の指示だ。それを、「余計なこと」と言うのか。

安積は、そう思ったが、自分を抑えて言った。

「聞き込みが終わった時間を見計らって話し合います。人員も一人でいい」

「一人……？」

管理官が尋ねた。「誰だね？」

「須田の空き時間を利用させていただければ……」

池谷管理官がうなずいた。

「そういうことなら、かまわないだろう」

佐治がこたえた。

「まあ、安積班の係員ですから、好きに使ってください。ただし、捜査全体に影響がないように
……」

池谷管理官が安積に言った。

「そういうことだ」

安積はうなずいた。

「了解しました」

「ところで、東報新聞の件はどうだ？」

「今、情報を集めているところです」

「どこから情報を？」

「まずは、署内です。今夜、東報新聞の記者にも話を聞いてみようと思います」

「記者はしたたかだよ。素直に話すとは思えんな……」

「やりようはあるでしょう」

「わかった。任せる」

「はい」

安積は取りあえず、須田の帰りを待つことにした。


午後は、電話連絡も少なく、比較的平穏に過ぎた。速水も何も言ってこない。さすがの速水も、管理官室を訪ねてはこないだろう。

池谷管理官と佐治係長は、しきりに何かを相談しあっているが、安積は半ば蚊帳の外という状態だ。

本部と所轄の違いを感じる。警察官は、どこにいても警察官だ。所属によって違いがあってはいけないと、安積は思う。

だが、実際には多くの格差や溝が存在する。警視庁本部の連中はプライドを持っている。重大事件を手がけてきたという自信があるのだろう。

一方、所轄では、大きな事件などそれほど多くはない。それでいて、細かな事案がたくさんあり、やたらに忙しい。

安積は、念のため、宮間がまだ服役中かどうか調べてみることにした。結果はすぐにわかった。宮間はまだ刑務所の中にいた。刑期をあと半年ほど残している。どうやら仮出所は認められなかったようだ。犯行を否認し続けたというのが、ここでも影響しているのだろう。

午後六時過ぎに、須田が戻って来た。彼は、いつものように、相棒の刑事に何事か話しつづけながら管理官室に入って来た。

相手の若い捜査一課の刑事は、辟易《へきえき》した顔をしている。須田は、相手が誰であろうが、自分のやり方を変えない。

年齢からいって、須田が報告すべきだと、安積は思った。だが、若い捜査一課の刑事が管理官に、聞き込みの結果を報告した。須田は、そういうことは頓着《とんちゃく》しない。

若い刑事は、いろいろと言っていたが、要するにめぼしい収穫はなかったということだ。

その後、捜査員たちが次々と戻って来て報告を済ませる。

捜査本部などでは、会議をやることがある。だが、今回のように少人数の場合は、情報が管理官のもとに集約されて、それで終わりだ。

安積は須田を呼んで言った。

「ちょっと、意見を聞きたいことがある」

須田は、まるで小学生が秘密を共有するときのように、滑稽《こっけい》なくらいに真剣な表情になった。

「何でしょう?」

「メールの件で、管理官に言われた。過去に臨海署で扱った事案で、気になるものを調べてくれ、と……」

「それで……？」

「岩城係長が、これをリストの中に入れてきた」

安積は、捜査資料のファイルを須田のほうに滑らせた。須田は表紙を見て言った。

「ああ、宮間事件ですね。これが何か……？」

「気になるんだ」

「今回の事件と関係があるということですか？」

「まだ、関連があるかどうかはわからないんだ。そこまではっきりしたものじゃなく、なんとなく気になるというか……」

「珍しいですね」

「珍しい？　何が？」

「係長は、そうした曖昧《あいまい》なものを、あんまり信じないのかと思っていました」

「そんなことはない」

須田は安積と付き合いが長い。その須田からそんなことを言われるとは思わなかった。「俺は、意外と勘とか閃《ひらめ》きを信じるタイプなんだよ」

「それで、何が閃いたんです？」

「わからない。ただ、気になるんだ。だから、おまえと話をしてみようと思ってな。事件の概要は覚えているな」

「ええ、もちろんです。傷害致死事件でしたね。加害者は宮間政一。テレビ局の報道記者でした。被害者は、喜田川琢治。投資ファンド会社の代表取締役でしたね」

「殺人で起訴されたが、弁護士が頑張って傷害致死にした。それで、刑期が懲役五年と求刑よりも大幅に短くなった」

「まあ、妥当な線でしょうね」

「ところが、宮間は、一貫して犯行を否認していた」

須田がうなずいた。

「弁護士が妥協案を出したんですよね」

「たぶん、宮間は不満だったはずだ」

「それで、宮間は出所してるんですか?」

「いや、まだ刑務所の中だ」

「なんだ、じゃあ、シロですね」

「それはそうなんだが……。あの事件は、宮間の犯行そのものよりも、被害者の喜田川が、まずマスコミの注目を集めた」

「そうでした。会社の利益のかなりの部分が、暴力団に流れていたんでしたね」

「そう。喜田川の会社自体は、まっとうな企業だ。そして、喜田川も堅気ということになっているが、地下で暴力団とつながっていたことは明らかだ」

「最近、暴対法や排除条例で、暴力団がどんどん地下に潜っているそうですね」

「そして、ファンドやM&Aで稼いでいるそうだ。喜田川はその典型的な例だった。彼の正体が明るみに出たとき、また宮間の存在が注目を集め始めた。そして、仲間のカメラマンがひき逃げ事故にあって死亡しているということが、週刊誌やネットで広まった」

須田がうなずいた。

「ええ、ネットではちょっとした祭になりました。宮間は何も悪いことはしていない。悪人を退治しただけだ……。あるいは、仇《かたき》を討っただけだ、といった意見が圧倒的でした」

「勢い余って、宮間の信者のような連中まで出てきたというじゃないか」

「そうなんですよ。ネットの連中は、誹謗《ひぼう》中傷するのも好きですけど、一方で、何かを祭り上げるのも好きなんです。宮間は一時期、ちょっとしたカリスマのような存在になりましたね」

「そこなんだ、気になるのは……」

「わかりました。つまり、カリスマが服役していることを不満に思う者もいるんじゃないか、ということですね?」

「ずいぶんと漠然とした話だが、俺はそんな気がするんだ」

須田と話しているだけで、なんだか考えがまとまってくるような気がする。安積にとっては、それが重要だった。

「犯人は、宮間をカリスマ視しているやつかもしれないということですか?」

「ああ。カリスマがいまだに服役中なのに腹を立てているのかもしれない」

「どうでしょうね……」

須田が、仏像のような半眼になった。本気で考えはじめたときの表情だ。「ネットの住人たちにとってみれば、宮間が服役していようがいまいが、あんまり関係ないんじゃないですかね」

「どういうことだ?」

「ええと……、つまり、掲示板で議論したり、情報を流したりする人たちは、そのこと自体を楽しんでいるのであって、実際の宮間本人のことは、あまり気にしていないんじゃないかと思います。つまり、宮間という記号について書き込みをし合っているということです」

「なるほどな……。だが、中には本気で宮間のことを考えている者もいるはずだ」

須田は、仏像のような顔でしばらく考えてから言った。

「そうですね。ええ、それはもちろん、あり得ます」

「だが、ネットやマスコミ報道を見て、宮間が有罪になったことに腹を立てている人間なんて、絞りようがないか……」

「係長が宮間事件に注目したと聞いて、さすがだなと思いましたよ」

「なぜだ?」

「ジャーナリストですよ」

「ジャーナリスト……?」

「ええ、今回の事件の犯人は、明らかにマルコフ事件を模倣しています。そして、被害者のゲオルギー・マルコフはジャーナリストだったのです。宮間もジャーナリストでした」

安積は驚いた。

「気づかなかったな。そんな共通点があったか……」

「犯人も、ジャーナリズムに関係しているかもしれませんね」

安積は、慎重になって言った。

「予断は禁物だ。だが、手がかりにはなるかもしれない」

「そうですね。思い込みは危険ですよね」

「とにかく、いろいろと参考になった」

安積は、須田に相談してよかったと思った。

# 10

今の話を、管理官に伝えるべきだろうか。

安積は、迷った。ただの憶測に過ぎない。そんな話に、池谷管理官は耳を貸さないかもしれない。一方、どんな小さなことでも、知らせておくべきだ、という思いもある。

何が捜査の手がかりになるかわからないのだ。

安積は、管理官に近づいて言った。

「今、須田と宮間事件について検討したのですが……」

「何かわかったのか?」

「わかったというほどのことではないのですが、お耳に入れておいたほうがいいと思いまして……」

「聞かせてくれ」

安積は、須田との会話をかいつまんで伝えた。

「ジャーナリストか……」

管理官がつぶやいた。

すると、安積の話を脇《わき》で聞いていた佐治係長が言った。

「なんだか、雲をつかむような話だな」

安積は言った。

「私もそう思いますが、過去の事件を調べて得られた一つの結果であることは間違いありません」

「じゃあ、こういうことか？」

佐治係長が言った。「犯人は、宮間が有罪になって服役していることに腹を立てたジャーナリストだということか？」

安積はかぶりを振った。

「今はまだ、そこまで限定して考えるべきではないと思います。私はあくまで、一つの可能性を示しているに過ぎません」

「可能性か。便利な言葉だな」

「捜査というのは、そういうものでしょう」

「憶測をいくら積み上げても何も出てこない。捜査というのは、物証の積み上げだ」

池谷管理官が、安積に言った。

「わかった。犯人らしい人物が臨海署だけにメールを送ってきたことは事実だ。そして、臨海署が過去に扱った事案を検討した結果、宮間事件が浮上してきた。今の段階では、そういうことでいい」

この発言が、佐治に対する安積の反論を封じた形になった。

午後九時過ぎに、自宅マンションに戻ってくると、やはり記者がいた。思ったより少ない。五人だった。

その中の一人が山口友紀子だった。かねてから計画していたとおり、ひとりずつ部屋に呼んで話をすることにした。こういう場合、順番が微妙だ。

「会社のあいうえお順でいこう」

安積は言った。まず、全国紙の記者だ。他の記者たちには、この場で待ってもらうことにした。話を済ませた記者が降りてきて、オートロックのドアを開けるときに、次の記者が入れ違いで入る。そして、部屋まで上がってもらうという段取りだ。

嘘《うそ》か本当か知らないが、本部捜査一課長官舎の応接間には大きな砂時計があるという話を聞いたことがある。その砂時計で、一社当たりの時間を計るのだ。

砂が尽きれば、話はそこで終わり、というわけだ。

安積は、時計を見ながら、十分だけ話をした。どんな質問にも、「捜査情報は洩《も》らせない」と「俺は知らない」で通した。

二人目も十分きっかりで面談を終える。やがて、山口友紀子がやってきた。

「十分しか話せないので、単刀直入に聞く。毒物の件を抜いたのは君か？」

「いいえ、そうじゃありません」

「じゃあ、誰が記事を書いたんだ？」

「それは言えません」

「どうしてだ？　誰が書いたかを明らかにするほうがフェアだろう」

「私の口からは言えないんです。ただ、私でないことだけは確かです」

「臨海署管内の事案について、担当の君が書かないで、誰が書くと言うんだ……」

安積は、そこまで言って気づいた。「そうか、遊軍記者か……」

「ノーコメントです」

「これじゃ立場が逆だな。ノーコメントと言うときは、たいてい肯定なんだ」

「ノーコメントです」

記者は、警察本部、警察署、省庁、政治家など、決まった担当を持つ、いわゆる番記者と、担当を持たない遊軍記者に分かれる。

どこの社でも、番記者と遊軍記者は仲が悪いという話を聞いたことがある。立場が違うから対立することが多いのだろう。

番記者は、担当する相手とべったりいっしょにいるので、情けが絡むこともあるし、仁義もある。遊軍は、それを馴れ合《なあ》いと批判するのだ。

「俺は、どういう経路で毒物のことが洩れたのかを調べて、上に報告しなければならない」

「上って、誰のことですか？　本部の池谷管理官ですか？」

「ノーコメントだ」

「ノーコメントというときは、たいてい肯定なんですよね」

「ノーコメントだ」

「管理官と捜査一課の係が臨海署に詰めて、いったい何をやっているんですか？」

「捜査情報は洩らせない」

「毒物の件ですね？　テロなんですか？」

「俺は知らない」

「犯人像は絞られているんですか？」

安積は時計を見て言った。

「残念だが、時間だ」

山口友紀子は、溜《た》め息《いき》をついてから席を立った。安積は言った。

「毒物の記事を書いたのは、遊軍記者だと考えていいんだな？」

「お時間をいただき、ありがとうございました」

彼女は部屋を出て行った。

それから、また二人の記者の相手をした。それが終わると、十時を回っていた。疲れていた。肉体よりも神経が疲れている。安積は、グラスに氷を入れて、国産ウイスキーをオンザロックで飲んだ。

冷たいウイスキーが喉《のど》を下っていき、胃で燃え上がる。ふうっと大きく息をついた。それから、ゆっくりと味わった。

ようやく気分がほぐれてきた。今度は体をほぐす番だ。安積は、湯船に湯を溜めた。

翌朝、安積はまず、自分の席に寄り、伝言などがないかを確かめ、管理官室に向かった。

ＳＳＢＣが、ゆりかもめの各駅から防犯カメラの映像の収集を完了したと、管理官が発表した。これから、ビデオ解析を始めるという。

捜査員たちは、すでにでかけていた。彼らは、今日も目撃情報を追って歩き回るのだ。彼らの朝は早かった。

犯行が、七時前後の可能性が高いため、その時間に駅などで聞き込みをやる必要があったのだ。通勤客など、その時間にゆりかもめを定期的に利用している人々が何かを見ている可能性が高いからだ。

昨日は、目撃情報を得られなかった。捜査員たちは、「コウモリ傘を持った不審な人物を見かけなかったか」と訊《き》いて回っているはずだ。

目撃情報は、時間が経《た》つにつれ、入手しづらくなっていく。人々の記憶が薄らぐからだ。

安積は、予備班として、佐治とともに情報の整理をしつつ、もう一度過去に臨海署が扱った事案について調べていた。

九件の捜査資料を見直し、やはり宮間事件が一番関連がありそうだという気がしていた。だが、そう断定するには、あまりに決め手が少ない。

安積は、岩城刑事総務係長に内線電話をかけた。

「はい、刑事総務係」

「安積だ」

「どうした?」

「昨日もらった資料の中では、宮間事件が一番ひっかかる」

「実は、俺もそうだった。だから、テロ事案や毒物事案ではないのだが、リストに加えておいた」

「どうしてあの事件を加える気になったのか、説明してくれるか?」

「うーん、説明するのは難しいな……」

「勘か?」

「そうだな。強いていえば……」

そこで、岩城は言葉を切った。どう説明すべきか考えているのだろう。

「強いていえば……?」

「社会的に影響があった事案が絡んでいるという気がしたんだ」

「もうちょっと詳しく説明してくれるか?」

「今回の事案の被害者同士に関連はなさそうだということだな?」

「今のところ、関連は見つかっていない」

「……ということは、無差別殺人ということになる。そして、犯人らしい男が、警察宛《あて》にメールを送ってきた。ただの愉快犯という可能性もあるが、こういう事案は義憤が絡んでいることが多いという気がした。社会に対する怒りだ。そういう観点から過去の事案を思い返してみると、まず宮間事件が頭に浮かんだんだ」

「なるほどな……」

岩城が言うことに一理あると、安積は思った。

「その線で、別の事案がないか、もう少し調べてみてくれないか」

「かまわんが、臨海署が扱った事案で、宮間事件ほど社会的影響力のあった事案は思いつかない」

「臨海署は膨大な数の事案を扱っているんだ。他にも何かあるかもしれない」

「たしかに扱った事案は膨大だ。だが、その多くは、窃盗犯だったり、強盗だったり、放火だったり……。要するに単純な事案が圧倒的多数なんだよ。だが、宮間事件はちょっと別だ」

「冤罪《えんざい》だったと思うか？」

「おい、物騒なことを言うな。俺は捜査方法に誤りはなかったと思っている」

「俺もそうだ。俺自身が手がけた事案だからな」

「だが……」

岩城は、声を落とした。「たしかに、今でも冤罪ではないかという声がある。だからあの事件はちょっと別だと言ったんだ」

安積は、大きく息をついてから言った。

「わかった。とにかく、もう一度洗い出しを頼む」

「まったく、強行犯係は人使いが荒い」

「済まんな」

電話が切れた。

受話器を置くと、安積は考え込んだ。岩城が言ったとおり、捜査のやり方に問題はなかったと思う。

現行犯逮捕だったので、誤認逮捕はあり得ない。ボディーガードたちの証言もあったし、医者の話では、側頭部に強い衝撃を受けたことが急性硬膜外血腫の原因だろうということだった。

宮間と喜田川が揉み合っていたのは事実なのだ。

送検、検事による取り調べ、そして起訴に至る流れも問題なかったはずだ。

にもかかわらず、今でも冤罪ではないかという声があると、岩城は言っていた。実は、安積も、そのような噂《うわさ》を聞いたことがある。マスコミの一部で囁《ささや》かれているのだ。

だが、すでに刑は確定していたので、そういう意見が、報道媒体で取り沙汰《ざた》されることはなかった。

宮間は、一貫して無罪を主張していた。いや、今でもそうだという。

安積は、落ち着かない気分になってきた。もし、冤罪だったとしたら……。そして、もし、宮間が犯人ではないと知っている者がいるとしたら……。

犯人は、宮間の身近な人間なのではないか。その人物が、冤罪を晴らすために独自に調査を続け、その結果やはり宮間が無罪だと確信したということも考えられる。

その場合、再審請求も可能だろうが、現状では、それが認められるのは、年に二、三件に過ぎない。再審制度は「開かずの扉」と言われているのだ。

宮間事件は、求刑よりも刑がずいぶんと軽くなっている。こういう場合、再審請求はなおさら通りにくい。

無罪の確信を得たが、宮間を助けられない苛立《いらだ》ちと法制度に対する怒り。それが、直接捜査した臨海署に向けられたとしても不思議はない。

安積は、そこまで考えて、自分を戒めた。

いや、これはあくまで想像でしかない。話の筋は通るが、物証は何もなく、あくまでも仮定の話なのだ。

宮間事件について、再審請求があったかどうか。少なくとも、それは調べておくべきだと思った。

結果はすぐにわかった。

確かに、再審請求が行われていた。当時宮間を担当した弁護士に話を聞いてみたいと思った。だが、勝手に動くわけにはいかない。管理官に相談する必要がある。

安積は、立ち上がり、管理官の席に近づいた。

「宮間の弁護士に話を聞いてみたいのですが……」

池谷管理官は驚いた顔で言った。

「弁護士に……？　なぜだ？」

「再審請求が出されていましたので……」

「言っていることがわからん。説明してくれ」

安積は、今考えたことを、順を追って説明した。

いつの間にか、佐治が近くにやってきて、安積の話を聞いていた。

説明を聞き終えると、池谷管理官が言った。

「宮間事件にこだわり過ぎなんじゃないのかね……」

佐治が尻馬に乗ったように言った。

「説明に根拠がない。第一、宮間事件が今回の事件に関係しているという確証は何もない」

安積は、佐治に言った。

「確証がないから、それを探し求めたいと言っているんです」

「今は、そんなことをしている時ではない。今にも次の犯行があるかもしれないんだ」

「ですから、あらゆる方策を駆使して犯人像に迫る必要があるんです」

「もっと有効な方策を選択すべきだ」

池谷管理官が割って入った。

「臨海署が扱った過去の事案を調べるように指示したのは私だ。安積係長は、その指示に従っているんだ」

この言葉に、佐治がひるんだ。池谷管理官の言葉が続く。

「だがね、安積係長。私も佐治君が言うとおり、宮間事件と今回の事件の関連がまだ見えない」

「宮間事件に直接関《かか》わった人間に会って話を聞けば、関連が見えてくるかもしれません」

「安積係長、君は何をしようとしているのか、わかっているのか？」

「何をしようとしているのか……？」

「君は、さきほど、宮間が無罪である確信を得ている者がいるかもしれないと言った」

「ええ。事実、再審請求が行われているのです」

「冤罪かもしれないということだろう。そして、その事件を担当したのは他でもない君だ。つまり、君は自分で自分の首を絞めようとしているんだ」

「それだけじゃない」

佐治が言った。「冤罪ということになれば、担当した検事や裁判官までもが面子《メンツ》を失うことになる。誰もそんなことを望んではいない。いいか、刑は確定して、宮間は服役中だ。その刑期ももうじき終わる。今引っかき回してどうするつもりだ」

「面子の問題ではありません。事実は何かが重要なんです」

「検察や裁判所までも敵に回すことになりかねないんだぞ」

「冤罪だと決まったわけではありません。調べてみる価値はあると思います」

池谷管理官は、しばらく考えてから言った。

「わかった。その件は、安積係長に任せる」

佐治は、その言葉に驚いたように池谷管理官を見た。だが、抗議はしなかった。

安積は頭を下げた。

「ありがとうございます」

管理官がそっけなく言った。

「礼を言われるようなことじゃない」

安積は、管理官の席を離れると、宮間事件を担当した弁護士の氏名や連絡先を調べた。滝井富《たきいとみ》男《お》という名前だった。事務所に電話をしてみた。

現在使われていないというメッセージが流れてきた。

自宅の電話番号を割り出し、そちらにかけてみた。

年配の女性が電話に出た。

「はい、滝井でございます」

「警視庁臨海署の安積と申します。滝井富男さんをお願いしたいのですが……」

戸惑ったような声で返事があった。

「滝井は、二年前に他界いたしましたが……」

「お亡くなりになった……」

安積の頭の中で、かすかに警鐘《けいしょう》が鳴っていた。

# 11

「事情をお聞かせいただきたいので、うかがってもよろしいでしょうか？」

電話の相手は、戸惑った様子だった。

「事情を聞きたいって、どういうことでしょうか？」

「滝井弁護士が、担当された再審請求について、詳しく知りたいと思いまして……」

「それでしたら、事務所で働いていた方のほうが、いろいろと知っていると思います。うちにいらしても……」

「とにかく、一度うかがわせてください」

しばらく沈黙があった。

安積は、相手が何を考えているかが気になった。おそらく、相手は滝井の妻だろう。夫が亡くなった衝撃がまだ癒《い》えていないのかもしれない。

やがて、彼女は言った。

「わかりました。午後二時頃でしたら……」

「では、二時にうかがいます」

電話を切り、滝井弁護士の自宅住所を確認した。千代田区一番町のマンションだった。

時計を見ると、午前十時を過ぎたばかりだ。まだ、滝井の自宅を訪ねるには早い。安積は、管理官室を出て、交機隊の分駐所に向かった。

デスクに、速水の姿がなかった。近くにいた若い交機隊員に尋ねた。

「速水は？」

「今日は非番です」

「そうか……」

彼が毎日いるとは限らない。

安積は、人が来ない廊下の隅に行って、速水に電話をしてみた。呼び出し音三回で出た。

「安積か。どうした？」

「非番だってな。寝てたんじゃないのか？」

「そう思ったら電話なんかよこすなよ」

どうやら寝てはいなかったらしい。声の調子でわかる。

「昨夜、夜回りに来た山口記者と話をした」

「それで……？」

「記事を書いたのは、彼女じゃないと言っていた」

「信じたんだろうな？」

「本当だと思う。書いたのは遊軍記者じゃないかと思う」

「遊軍か……。なるほどね……」

「何か心当たりはないか？」

「ない。だが、手がかりにはなる」

「俺は、実を言うと、おまえの署内パトロールの成果に期待している」

「俺は、いろいろな方面から期待されていてな。そして、たいていその期待を裏切らない」

「じゃあ、何かわかったら教えてくれ」

「毒物殺人の捜査のほうはどうなんだ?」

「まだそれほど進展はないが、気になっていることがある」

「何だ?」

「宮間事件だ。覚えているか?」

「ああ、報道記者が逮捕された件だな」

「犯人が臨海署宛《あて》にメールを送ってきた。臨海署が過去に扱った事案と関連がある可能性があるので、洗い出した結果、宮間事件がどうもひっかかるんだ。それは、岩城刑事総務係長も同じ意見だ」

「岩城は頼りになるやつだ」

「俺もそう思う」

「それで、何が気になるんだ?」

「起訴されて被告となった宮間政一は、一貫して罪を認めなかった。受刑者となってもそれは変わらなかった。再審請求もされている」

「それは珍しいことじゃない」

「担当した弁護士と会おうとしたが、二年前に亡くなっている」

「病死か?」

「わからない。今日の午後自宅を訪ねて、詳しい話を聞いてくる」

「なんだかきな臭い話に聞こえるのは、おまえの話し方のせいか?」

「俺は事実を並べているだけだ。それにな……」

「何だ?」

「宮間事件のことを話したら、須田が言った。犯人もジャーナリズムに関係があるかもしれない、と……」

「どういうことだ?」

「今回毒物を撃ち込むのに使用された武器は、ゲオルギー・マルコフというブルガリアのジャーナリスト暗殺に使用されたものを模倣しているらしい。そして、宮間政一もジャーナリストだった。まあ、こじつけに聞こえるかもしれんが……」

「そうだな。須田以外のやつが言ったのなら、こじつけだと思うかもしれないな」

安積も同じことを思っていた。

「だから、ちょっと宮間事件について洗い直してみようと思っている」

「わかった。ところで……」

速水はちょっと間を取った。「今おまえが話したことは、捜査情報なんじゃないのか? それを俺なんかに話していいのか?」

「どこから新聞社に情報が洩《も》れたかを調べてもらうんだ。これくらいのことは伝えておくべきだろう」

「俺を信頼しているんだと、素直に言ったらどうだ？」

「おまえを信頼しているんだ」

「それでいい」

電話が切れた。

続けて安積は、村雨に電話した。

「はい、村雨」

「今どこにいる？」

「ゆりかもめの駅を回って聞き込みです。今は国際展示場正門駅にいます」

「有力な情報は？」

「ありませんね。通勤客に何かを尋ねようと思っても、みんな急いでいるので、なかなか思うようにいきません」

「まあ、それはそうだろうな。ところで、ちょっと話したいことがあるんだが……」

「昼前にいったん戻ります。そのときでよろしければ」

「それでいい」

「それじゃ」

安積は、電話を切った。管理官室に戻り、村雨の帰りを待つことにした。

「東報新聞の遊軍記者ですか？」

村雨が眉間《みけん》にしわを刻んだ。

彼が戻ってきたので、安積は管理官室の外に連れだした。別に室内で話をしてもいいのだが、なぜか管理官や佐治係長には聞かれたくないような気がした。

「そうだ」

安積は村雨に言った。「見かけた覚えはないか？」

「知っているやつはいますけど、事件の直後は姿を見ていませんね」

「その知っている記者の名前は？」

「由良《ゆら》清一《きよかず》。理由の由に良いという字の良、清いに数字の一です。もしかして、毒物の件を抜いたのはそいつですか？」

「まだわからん。だが、その可能性は高い。東報新聞の山口記者に、あの記事を書いたのかと尋ねたら、自分ではないとこたえた」

「遊軍記者が抜いたと、山口記者が言ったのですか？」

「いや。さすがに彼女の口からは誰が書いたのかは言えないらしい。だが、遊軍記者かと尋ねたら否定はしなかった」

「問い詰めて、吐かせたらどうです？」

安積は、この言葉に少しばかり驚いた。

「おまえは、山口記者に対してそんなことができるのか?」

「やろうと思えばできますよ。相手は新聞記者でしょう? 甘い顔をすればつけあがります」

なるほど、村雨は刑事としての立場を何より大切に考える男だ。刑事が記者になめられるわけにはいかないのだ。

だが、記者も刑事も、立場は違うが、事件を追うのが仕事だ。協力し合える場面もあるはずだ。

そう考える俺は、村雨から見ると甘いのだろうか。

「彼女が抜いたわけじゃないんだ。責めてもしょうがないだろう」

「捜査の妨害になったら、東報新聞を出入り禁止にするくらいのことは考えないと……」

「あまり事を荒立てたくない。一社を出入り禁止にすることで、他社ともぎくしゃくする恐れもある。やつら、言論の自由と知る権利を楯《たて》に取るからな」

「今のマスコミなんて、そんなに高尚なもんじゃないでしょう」

「他の係員が、その由良と接触していないか、それとなく調べてくれないか?」

「あくまでも、内密に事を運びたいわけですね?」

「内密というわけじゃない。繰り返すが、事を荒立てたくないだけだ」

「了解しました。調べておきます」

村雨は、ちゃんとこちらの意向を汲《く》んでくれる。そういう信頼感はある。

「それと、おまえ、宮間事件は覚えているな?」

「もちろんです。宮間は収監されています」

「刑期をあと半年ほど残している」

「傷害致死でしたね」

「捜査のやり方に問題はなかっただろうか？」

村雨は怪訝《けげん》な顔になった。

「問題などなかったと思いますが……。どうしたんです？　今頃になって……。四年以上前の事件でしょう」

「犯人からのメールの件だ。過去の事案を洗い出してみたら、どうも宮間事件が気になってな」

「どういうふうに気になるんですか？」

「宮間が一貫して無罪を主張しているという点がな……」

「なかなか強情なやつです」

「強情なだけじゃ、無罪を主張しつづけることはできないような気がする」

「冤罪だとでも……」

村雨は声を落として、眉《まゆ》をひそめた。冤罪は、警察官にとってきわめて不名誉なことだ。

「それはわからない。だが、再審請求がされていて、二年前に弁護士が死んでいる」

村雨は、しばらく考えていた。

「弁護士の死因は？」

「わからない。今日の二時に、弁護士の遺族に会うことになっている」

「自分もいっしょに行きたいところですが、本部の若いのの面倒をみないと……」

「わかっている。宮間事件についての、おまえの考えを聞いておきたかったんだ」

「今まで考えたこともありませんでした」

「じゃあ、ちょっと考えてみてくれ」

「係長は、宮間事件を洗い直したいんですか？」

「まだわからない。今は、毒物事件が先決だ」

「でも、そのためには宮間事件のことを調べる必要があると考えているんですよね？」

「そうだな。そう考えている」

「ならば、俺たちは係長に従いますよ」

「今は、管理官に従ってくれ。でないと、妙な軋轢《あつれき》が生じる」

「そのへんはうまくやります」

「じゃあ、宮間事件のことも、気に掛けておいてくれ」

「了解しました」

二人は、管理官室に戻った。

すると、佐治係長が言った。

「所轄の捜査員同士で、こそこそと話をするのは感心しないな」

村雨を連れだしたのが、裏目に出たか……。

安積はそう思いながら言った。

「別にこそこそしているわけではありません。ここで話をしてもよかったのですが、他の人の迷惑になるといけないと思っただけです」

「何の話をしていたんだ」

あんたに報告する義務はない。安積は、そう思ったが、ここで逆らうのも大人げない。

「毒物のことを抜いた記者について話し合っていました。それと、宮間事件について……」

「ここでは、管理官と俺の指示に従ってくれ。今は、ゆりかもめの駅から目撃情報を得ることが最優先だ。その他は後回しだ」

さすがにむっときて、安積は言った。

「管理官の指示には、もちろん従います。私は、管理官から情報漏洩《ろうえい》の件と、過去に臨海署が扱った事案について調べるようにと指示されているんですよ」

佐治が何か言おうとした。そこに池谷管理官が割って入った。

「安積係長の言うとおりだ。だがな、安積係長、私が指示した件に、目撃情報を集めている捜査員を巻き込んでもらっては困る」

「わかりました。ただ、気心の知れている署の仲間に意見を聞くくらいは大目に見ていただきたいと思います」

それを聞いて佐治が言った。

「俺たち捜査一課の者には、心を開けないということか？」

「そんなことは言っていません。宮間事件を実際に捜査したのは、我々です。私が何か見落としているることがあるかもしれないと考え、係員に意見を聞いただけのことです」

池谷管理官が言った。

「わかった。その件に関してはもういい。弁護士に会いに行くと言っていたな？」

安積はこたえた。

「そのつもりでしたが、その弁護士は、二年前に死亡しているとのことです。午後二時に遺族に会いに行くことになっています」

管理官が聞き返した。

「二年前に死んでいる……？」

佐治が言った。

「今さら遺族に会ってどうなるんだ？　本人がいなければ、再審請求についての詳しい話は聞けないじゃないか」

安積は佐治に言った。

「死亡の経緯を詳しく聞いてこようと思います」

「おい、俺たちは今、何をすべきなんだ？　一丸となって毒物事件の犯人を見つけなければならないんだぞ」

佐治は、あせっているのかもしれない。明らかに苛立《いらだ》っている。それは使命感の表れかもしれない。

そう思えば、それほど腹も立たない。安積は、一言だけ言った。

「調べておくべきだと思います」

「わかった」

池谷管理官が言った。「経過を報告してくれ」


午後二時ちょっと前に、一番町のマンション前に到着した。安積は、二時ちょうどまで待って、玄関のインターホンで滝井弁護士の自宅と連絡を取った。

玄関のドアが解錠されて、安積はエレベーターホールに進んだ。

部屋の玄関で安積を出迎えたのは、五十代の女性だった。

「警視庁東京湾臨海署の安積といいます。滝井弁護士の奥さまですか?」

「はい」

「先ほどは、電話で失礼しました」

「とにかく、お上がりください」

リビングルームに通された。クリーム色の革張りのソファに座るように言われた。安積が腰を下ろすと、滝井弁護士の妻が、台所に立った。

「すぐにおいとましますから、どうぞお構いなく」

「はい」

そう言いながら、茶の用意をしてくれた。

滝井弁護士の妻が安積が座った場所と直角に置かれたソファに落ち着くと、安積は言った。

「お名前をお聞かせいただけますか?」

「真智子《まちこ》と申します」

「どのような字をかかれますか？」

「真実の真、知るの下に日に、子供の子です」

「滝井弁護士が亡くなられたのは、二年前ということですが……」

「はい」

「ご病気ですか？」

「急性心不全ということでした」

急性心不全というのは、死因を特定するときになかなか便利な言葉だ。死因がよくわからないときに、たまに使用されることがある。

「ご主人は、心臓に持病がおありだったのですか？」

「いいえ。健康診断でも、心臓に異常があると言われたことはなかったと思います」

安積は、再び頭の中で警鐘を聞いた気がした。

「亡くなられた場所は？」

「事務所で一人で調べ物をしていたときです。帰りが遅いし、連絡もないので、電話してみました。呼び出しているのに出てくれませんでした。それで、事務所に様子を見に行ったら……」

「息がなかったのですね」

「救急車を呼びましたが、無駄でした」

「さぞかし、驚かれたことでしょうね」

真智子は、その質問にはこたえなかった。安積は、続けて言った。

「事務所は、たしかこの近くでしたね?」

「はい。同じ一番町にありました」

「その事務所は、今は……?」

「もちろん、閉めました。個人事務所でしたので……」

「お一人で事務所を使われていたわけではありませんよね? 助手とか庶務のような方がおいでだったんじゃないですか?」

「若い方がいっしょに使っておいででした。いわゆるイソ弁というのですか? でも、その方はまだまだ独立するには早いということで、別の弁護士事務所に行かれました」

イソ弁というのは、居候の弁護士の略だ。仕事を覚えるために法律事務所に雇われて働く新人弁護士のことを指す。

「その方の名前は?」

「成島浩太郎《なるしまこうたろう》さんです」

安積は、字を確認してメモした。

「連絡先はご存じですか?」

真智子はサイドボードの上にあった電話帳を持ってきて、成島が移ったという弁護士事務所の名前と住所、電話番号をメモしてくれた。

この足で訪ねてみよう。そう思い、安積は言った。

「お忙しいところ、お時間をいただき、ありがとうございました」

安積が立ち上がろうとすると、真智子が言った。

「あの……」

安積は再び腰を下ろして訊《き》いた。

「何でしょう?」

「主人は殺されたのでしょうか……」

## 12

成島が働いている弁護士事務所は、千代田区有楽町一丁目にあった。そこに向かう途中、安積はずっと、別れ際の滝井真智子の言葉について考えていた。

「主人は殺されたのでしょうか……」

その問いに、安積はこたえることができなかった。

「どうしてそんな質問をするんです?」

安積はそう尋ねたが、真智子も質問にこたえなかった。ただ、「いいえ、いいんです」と言って眼《め》を伏せただけだった。

真智子が滝井弁護士の死について不審に思っていることは確かだ。だが、今はそれ以上のことはわからない。

先走るな、と安積は自分を戒めていた。

有楽町の弁護士事務所で、成島に面会を申し入れると、事務所の隅にある応接セットに案内された。すぐに、三十代半ばの男がやってきて言った。

「成島ですが……」

安積は立ち上がって名乗った。

「警視庁東京湾臨海署の安積といいます」

「私に何か……？」

「滝井弁護士の事務所にいらしたそうですね。その当時のことを、ちょっとうかがいたいと思いまして……」

「まあ、おかけください」

二人はテーブルを挟んで向かい合い、腰を下ろした。成島が言った。

「たしかに、私は滝井弁護士の事務所で働いておりましたが……」

「滝井さんが亡くなられたのは、二年前のことですね？」

「ええ。個人事務所だったので、閉めるしかなくて、私はこちらに移ることになりました」

「亡くなっているのを奥さんが発見されたそうですね？」

「そうです。真夜中のことでした。私が帰宅した後のことです」

「急性心不全ということですが……」

「はい」

「滝井さんの死に、何か不審な点はありませんでしたか？」

「え……」

成島は、驚いた顔を見せた。「それはどういうことですか？」

妻の真智子が、滝井の死を不審に思っているらしいということは、伏せておこうと考えた。

「実は今、宮間事件のことを調べ直しておりまして……。たしか、再審請求をされたのですね？」

「ええ、滝井弁護士が担当していました」

「滝井さんが亡くなったことが、再審請求に何か影響しましたか?」

「それは……」

成島は、ふと考え込んだ。言葉を選んでいるのかもしれないと、安積は思った。「影響がなかったとは言い切れませんね。滝井さんの後任の弁護士は、再審請求をしようとはしませんでしたから……。でも、もともと、再審が認められることなんて、ほとんどないので、そういう意味ではそれほど影響はなかったとも言えますね」

「滝井さんが、再審請求することを決めたのですね?」

「ええ、担当弁護士でしたから……」

「かなり強力な確証が見つからないと、なかなか請求には踏み切れないと思うのですが、滝井さんは何か新たな証拠でも見つけられたのでしょうか?」

「さあ……。私は、当時はまだ駆け出しの弁護士で、事務所に入ったばかりだったので、よく知らないんです」

「お手伝いをされたのではないのですか?」

「私は事務的な処理を手伝っただけで、ほとんど滝井さん本人がやられていました」

「滝井さんが再審請求を決意されたのは、なぜだったのか、その理由が知りたいんですが……」

成島は、肩をすくめた。

「まあ、受刑者がかたくなに罪を否定していましたから……」

「今でもそうらしいです」

「でも、再審は狭き門どころか、閉ざされた門です」

「どなたか、そのあたりの事情にお詳しい方はいらっしゃいませんか？」

成島は首を捻《ひね》った。

「さあ……。もともと弁護士には守秘義務があるので、他人に事情を話すことはあまりありませんし……」

「先ほどの質問を繰り返します。滝井さんの死に不審な点はありませんでしたか？」

「少なくとも当時、私は不審には思いませんでした。ただ、亡くなったことに驚き、悲しく思いました。救急搬送された先の病院で死亡が確認されて、医師が死亡診断書を書いたので、あとは葬儀社の人が仕切りましたし……」

経過を考えれば、そうなって不自然なことはない。病死と判断されたのだから、事件性を疑うこともなかったのだろう。

成島には、隠し事をしているような様子もない。安積の質問に、本当に戸惑っているようだった。

安積は、質問を切り上げて、署に戻ることにした。

管理官室に戻ると、安積は池谷管理官に報告した。

「宮間事件を担当した滝井弁護士の死因は、急性心不全だったということです」

「病死か……」

「ただ、滝井弁護士の妻は、死について不審に思っている様子でした」

「不審に思っている？」

「彼女は、こう言いました。主人は殺されたのでしょうか、と」

池谷管理官は、まじまじと安積を見た。

「殺されたとは、穏やかじゃないな。奥さんは、なぜそんなことを言ったんだ？」

「それを質問したのですが、こたえてはくれませんでした。ただ……」

「ただ、何だ？」

「再審請求を進めていたのが、滝井弁護士でした」

「おい、考えていることはわかるが、それは憶測に過ぎないだろう。病死だったんだろう？」

「急性心不全という言葉は、死因が不明なときに使われることがあります」

「誰かが、再審を阻止するために滝井弁護士を殺害したというのか？　それは、考え過ぎだろう」

二人のやり取りを聞いていた佐治が、また横から口を出した。

「安積係長。あんたは、宮間事件に深入りし過ぎだ。だから、そんな妄想を抱いてしまうんだ。もっと客観的になってみるんだな」

安積は、その言葉について真剣に考えてみた。自分は今、冷静だろうか。佐治が言うとおり、宮間事件に入れ込み過ぎてはいないだろうか。

客観的になるとは、どういうことなのだろう。たしかに、宮間事件は結審している。そして、宮間は服役中だ。すでに終わった事件だということはわかっている。

それは明白な事実だ。それを認めることが客観的なのだろうか。捜査資料に書かれていることをすべてそのまま受け容《い》れ、納得することが客観的ということなのか。

安積は、そうは思えなかった。たしかに、宮間に有罪判決が下ったのは事実だ。だが、他にも事実はあるはずだ。

安積は佐治に言った。

「納得がいかないことがあれば洗ってみるべきです。あなただってそうするでしょう?」

「俺は、あんたが宮間事件に執着していることが納得できないね」

「別に執着しているつもりはありません。調べていくうちに引っかかることがいくつも出てきたというだけのことです」

「今さら調べ直すことなんてないんだよ。それより、じきにSSBCが映像解析の結果を持ってくるだろう。犯人が映っているかもしれない。そうなれば、総動員態勢で犯人割り出しに臨むからな」

「もちろん、それについて異論はありません。でも、他の方向からのアプローチも無駄ではないと思います」

「無駄か無駄じゃないかの判断は、管理官に任せればいい」

安積は、池谷管理官を見た。管理官は、難しい表情で言った。

「佐治係長の言うとおり、今余計なことをしている暇はない」

佐治が勢いづいて言う。

「そう。宮間事件のことを洗い直したいのなら、毒物事件が解決してからやればいい」

池谷管理官が、さらに言った。

「ただし、安積係長が、犯人は宮間事件と関連があると睨《にら》んでいるのだったら、捜査を進めるべきだと思う。どうだ？　その確信があるか？」

ここではったりは禁物だ。正直なところを言うしかない。

「確信はありません。しかし、調べるべきだと思います」

池谷管理官は、しばらく安積を見つめていた。やがて、彼は言った。

「わかった。続けてくれ。ただし、先ほども言ったように、人員は割けない」

「了解しました」

佐治は、いまいましそうな顔をしたが、何も言わなかった。


午後五時過ぎに、村雨から電話があった。

「宮間事件で、ちょっと思い出したことがあるんですが……」

「何だ？」

「当時、二人だけ、宮間の起訴について疑問を口にした人がいました」

「誰だ？」

「一人は、暴力犯係の真島《まじま》係長。もう一人は鑑識の石倉《いしくら》係長です」

二人とも頼りになる東京湾臨海署の仲間だ。

「わかった。話を聞いてみる」

安積は電話を切ると、管理官室を出て、まず暴力犯係に向かった。

真島係長は、席にいた。マル暴らしい風貌《ふうぼう》だ。つまり、暴力団員のように見えるということだ。

「ちょっと訊きたいことがある」

安積が言うと、真島は驚いたように顔を上げた。

「なんだ、強行犯係が俺に何の用だ？」

「宮間事件を覚えているか？」

「ずいぶん昔の話だなあ……。ああ、覚えている」

「宮間の起訴に、疑問を抱いていたと聞いた。本当か？」

「誰にそんなことを聞いたんだ？」

「村雨だ」

「ああ、あの事件のとき、村雨が俺たち暴力犯係との連絡役だったからな……」

「なぜ疑問に思ったんだ？」

「疑問に思うというほど大げさなことじゃない。ただ、他の可能性もあるかもしれないと考えただけだ」

「それは、どうして……」

「被害者の喜田川の周辺に、ちょっときな臭いことがあったんでな……」

「きな臭いこと?」

「ああ、マルB関係だよ。喜田川の会社の金が指定暴力団に流れていたという話は知っているな」

「もちろん」

「二次団体の保利沢《ほりさわ》組経由で、金が坂東連合に流れていた。その金の一部を、保利沢組の幹部が着服していたらしい。それを喜田川に知られたということだ」

「着服が坂東連合にばれたら、その幹部の命はないな」

「それで、喜田川の口を封じたという線もないではないと、俺は思った」

「調べたのか?」

真島は、渋い顔になった。

「噂話《うわさ》に毛が生えた程度の情報だったからな。裏も取れなかった」

「その着服していたという幹部を引っぱって話を聞かなかったのか?」

「命がかかってるんだぞ。しゃべるもんか」

「噂に毛が生えた程度の情報か……」

「だがな。火のないところに煙は立たない」

「そう思ったのなら、もっと調べてみるべきだったな」

「強行犯係の事案だったんだ。俺たちはただの助っ人さ。それに、検事が俺たちの話に耳を貸さなかった。担当検事は、宮間を起訴することで頭が一杯だったんだ」

たしかにそうだった。安積も思い出した。検事は、マスコミの暴走という絵を頭の中に描いていた。何が何でも宮間を起訴するという意気込みだった。

そして、起訴されてしまえば、有罪率は九十九・九パーセントだ。

「その後、その着服をしていた幹部はどうなっている?」

「まだ、保利沢組にいるよ」

「幹部をやっているのか?」

「ああ。保利沢組は、相変わらず喜田川のあとを継いだやつから、金を受け取っているらしい」

話を聞けば聞くほど、宮間の有罪判決が疑問に思えてくる。だが、佐治に言われるまでもなく、ここは冷静に考えるべきだ。

俺は、ひょっとしたら、都合のいい情報だけをつなぎ合わせているのかもしれない。

安積は尋ねた。

「その着服の件を知っているやつが、宮間の周囲にいなかったか?」

真島はかぶりを振った。

「そんなことを知っているのは、マルBのごく一部の連中だけだ」

「宮間の弁護士や支援者は知らなかったんだな」

「知らなかったさ。俺が一般人に情報を洩らすと思うか?」

安積は考えた。

不確かな情報を洩らすことが、どんなに危険か、真島ならよく知っているはずだ。

「参考になった。じゃあな」

「待てよ。何で今頃、宮間事件のことを調べているんだ?」

「捜査情報なんで、洩らせない」

「水くさいな。俺から聞き出すだけ聞き出しておいて」

それもそうだ。安積は、真島を信頼して話すことにした。

「救急車で運ばれた三人の患者が相次いで死亡した件を知ってるな」

「ああ、毒物だって新聞に出てたな」

「犯人らしい人物から、臨海署宛にメールが来た。他の署には送られていない。だから、臨海署が過去に扱った事案に関《かか》わりがある人物かもしれないと考えたわけだ」

「なるほど……」

「いろいろな事案について検討したが、宮間事件がいちばんひっかかったんだ」

「なるほどね……」

「他言は無用だぞ」

「わかってるよ」

「じゃあ……」

「調べてみようか?」

「え……?」

「実は、保利沢組の幹部の件についちゃ、俺も、もやもやしていたんだ」

「そうしてくれると助かる」

真島はうなずいた。

安積は、暴力犯係を離れて、鑑識係に向かった。

鑑識受付のカウンターで係員に言った。

「石倉係長に会いたいんだが……」

「ちょっと待ってください」

しばらくして、石倉が出てきた。

「どうした？　ハンチョウ直々に鑑定の依頼か？」

「そうじゃありません。訊きたいことがあるんです」

「何だ？　俺は何かの容疑者なのか？」

「宮間事件を覚えてますか？」

「傷害致死事件だよな、報道記者が、暴力団のフロント企業の経営者を殺害したっていう……」

「村雨から聞いたんですが、石倉さんは、宮間の起訴に疑問を抱いていたそうですね」

「ばか言え。起訴に疑問を抱くなんて大それたことを、俺がやるはずないだろう」

「でも、納得していなかったんですね？」

「俺が疑問に思ったのは、死因だよ。それだけのことだ」

「死因……？」

「被害者は、急性硬膜外血腫《けっしゅ》で死んだ。そうだったな？」

「ええ、そうです」

「そして、目撃者の証言によると、犯人と被害者は、素手で揉《も》み合っていたんだってことだったな?」

「はい」

「そこがひっかかったんだよ」

「どういうことです?」

「素手で殴って急性硬膜外血腫なんて、滅多に起きないんだ」

安積は、眉をひそめた。

「それを誰かに言いましたか?」

「村雨に言ったよ。だがな、検視は俺たちの仕事じゃない」

「でも、おかしいと思ったんですよね?」

「うーん、そこが微妙なところなんだよな。素手で殴っても、運が悪けりゃ急性硬膜外血腫ができることがある。だから、おかしいとは言い切れない」

「でも、確率は低いんですね?」

「そう。たいていは鈍器で殴られたときに起きる」

「他に何か気づいたことはありませんか?」

「ないね。だから、被疑者は起訴されて有罪になったんだろう」

「そうなんですが……」

「なんだい、ハンチョウ。今頃になって宮間事件を洗い直そうってのか？　あんた、例の毒物事件でてんてこ舞いだと思っていたがな……」

「実は、その件で宮間事件について調べているんです」

「その件で……？」

安積は、メールの経緯を説明した。話を聞き終わると、石倉は言った。

「なるほどね……」

「石倉さんは、どう思いますか？」

「俺はただの鑑識だよ。事件の筋読みとかは苦手だよ。ただな、宮間事件の死因はちょっと気にかかっていた」

安積はうなずいた。

「忙しいところ、ありがとうございました」

「ハンチョウの頼みなら、いつだって最優先だ。それを忘れるなよ」

安積は、礼をしてから鑑識受付を離れた。

## 13

管理官室に戻った安積は、今聞いてきた話について、落ち着いて考えてみることにした。

真島が言った話は、犯行の動機を物語っているように思える。だが、その一方で、直接犯行を証明するものではないことも確かだ。宮間が逮捕されたときに、真島が強く主張しなかったのもそのためだろう。

しかも、検察官が求めていた情報とは違う。検察官は、あくまで、宮間を起訴し、有罪にするための材料を求めていたのだ。

保利沢組幹部が、坂東連合に流れる金の一部を着服していた。おそらく、巧妙に帳簿の操作を行ったのだろう。

でなければ、すぐにその幹部は消されていたはずだ。その人物は、今でも保利沢組で金の管理をしているという。

着服の事実を、喜田川琢治に知られた。当然、口を封じなければならないと考えるだろう。

安積は当時、捜査の過程でその事実を聞いてはいなかった。真島たち暴力犯係が事情を聞いていたかもしれない。だが、その内容が安積の耳に入ることはなかった。

安積班は、検事の指示に従って、宮間を取り調べ、彼の罪を証明するための証拠をかき集めた。

村雨が言ったとおり、捜査のやり方に問題があったとは思えない。だから、宮間は起訴されて有罪判決を受けたのだ。

起訴するためには、厳しいチェックが必要だ。検事がそれを怠ったとは思えない。また、裁判では弁護側が、反証を試みる。そこでも、宮間の犯行であるかどうかは、厳しくチェックされるのだ。

滝井弁護士は、潔白だという宮間の主張を信じていたようだ。

多くの場合、刑事裁判では、弁護士は減刑を考える。有罪率九十九・九パーセントの壁は高く厚い。

無罪を主張して玉砕するくらいなら、罪を認めて、どれくらい減刑できるかを考えるべきだと、たいていの弁護士は考えるのだ。事件についての洗い直しを始めた当初は、滝井弁護士もそうだったのではないかと、安積は考えていた。たしか、須田もそのようなことを言っていたと思う。

安積は、裁判の経過をよく知らない。送検・起訴が決まれば、あとは刑事の仕事ではないのだ。次々と仕事が舞い込んでくる。裁判の結果だけわかればいい。

だから、公判で滝井弁護士がどういう主張をしたのか詳しくは知らない。だが、再審請求をしたというのだから、無罪を主張したのではないかと、安積は思いはじめていた。

四年以上前の事件の記憶など、すでにかなり曖昧《あいまい》になっている。毎日事件に追われているのだ。事件の当事者たちにとってみれば、些細《ささい》な事柄も決して忘れることはできないに違いない。それを考えると、もちろん申し訳ないという気持ちになる。

だが、仕方のないことなのだと、安積は思う。仕事で事件に関《かか》わる限りは、いつまでも過去の事件を引きずっているわけにはいかない。

村雨だけでなく、他の係員にも話を聞いてみる必要があると、安積は思った。そして、当時の記憶を蘇《よみがえ》らせるのだ。

時計を見るとまだ、午後六時前だ。ゆりかもめの駅で聞き込みをしている捜査員にとっては、最も忙しい時間帯だろう。朝のラッシュ時には、なかなか話を聞ける人を捕まえられない。聞き込みに応じたりしたら、遅刻してしまうからだ。

帰宅の途中なら、話を聞かせてくれる人が朝の出勤時よりも多いに違いない。

安積は、村雨や須田たちが戻って来るのを待つことにした。聞き込みが終わった後に、彼らと話をするなら、管理官も大目に見てくれるだろうと、安積は考えていた。

八時頃になると、捜査員たちが次々と管理官室に引き上げて来た。そして、今日一日の成果を管理官に報告する。

佐治係長が、管理官の横で、その報告を聞いていた。

村雨や黒木、桜井も戻ってくる。彼らは、本部捜査一課の捜査員と組んでいる。八時半頃に、水野も帰ってきた。

彼らは、それぞれに池谷管理官に報告を済ませた。

須田がまだ帰ってきていない。安積は、須田が戻ったら、彼らに声をかけて、宮間事件についての情報交換の場を持とうと思っていた。

電話が鳴り、それを受けた連絡係が、管理官に告げた。

「須田さんが、救急車で運ばれたそうです」

安積は思わず、連絡係のほうを見た。

村雨、黒木、桜井、水野も、同様にそちらを見ていた。

池谷管理官が尋ねた。

「救急車？　どういうことだ？」

「詳しい事情はまだわかりませんが、リシンを撃ち込まれたかもしれないと……」

「何だって……」

すかさず、佐治係長が尋ねた。

「犯人の特徴は？」

「雑踏の中で、背後からやられたようで、いっしょにいた捜査員も、犯人には気づかなかったようです」

須田がリシンを撃ち込まれた。安積は、衝撃を受けた。

佐治がさらに尋ねる。

「場所は？」

「ゆりかもめの青海駅です」

池谷管理官が、受話器を取って言った。

「緊配《きんぱい》を要請しよう」

佐治係長が言う。

「しかし、犯人の特徴がわからないのでは……」

「コウモリ傘型の武器を持っている可能性が高いのだろう？　コウモリ傘を持った人物の身柄を押さえるんだ」

池谷管理官は、通信指令本部に電話をして、必要な手配をした。

池谷管理官と佐治係長の対応は正しい。犯人が捜査員に接触してきた。身柄確保のまたとないチャンスなのだ。

だが、須田の容体を尋ねないことに、安積は不満を覚えた。

佐治が言った。

「誰か、須田が運ばれた病院に行って来い。リシンが毒の効果を発揮するまで、四時間ないし十時間かかるんだったな？　それまでに須田が記憶していることを洗いざらい聞き出すんだ」

安積は、この指示も正しいと思った。非情だが間違ってはいない。須田は捜査員なのだ。

だが、やはり安積は完全に冷静ではいられなかった。

「私が行きます」

安積は言った。

池谷管理官と佐治が一瞬、顔を見合わせた。

佐治は不満そうな表情だった。所轄の捜査員同士で話をするのがおもしろくないのかもしれない。

池谷管理官が言った。

「行ってくれ」

「黒木を同行させたいのですが、よろしいですか?」

「いいだろう」

管理官の判断なので、佐治は何も言わなかった。

桜井と水野が不安気な顔を安積のほうに向けていた。意外なことに、一番うろたえて見えるのが村雨だった。

彼のことだから、こういうときも冷静沈着だろうと思っていた。

安積は、黒木とともに管理官室を出た。村雨の心配そうな顔が頭に残っていた。

須田が運ばれたのは、三人の被害者が救急搬送されたのと同じ救急病院だった。緊急の場合なので、捜査車両を使わせてもらうことにした。黒木がハンドルを握っている。

安積は黒木に言った。

「おい、あんまり飛ばすなよ」

「わかっています」

十分ほどで病院に到着した。黒木は、車を下りると、受付に駆けて行った。安積班のトップアスリートである黒木に追いつけるはずもない。

安積が受付に着いたときには、すでに黒木は須田がどこにいるかを受付係から聞き出していた。

「処置室だそうです」

また黒木が駆け出すのではないかと思ったが、そんなことはなかった。黒木は、安積を案内するように、先を歩いた。

処置室の前に、捜査一課の刑事がいた。須田と組んでいた捜査員だ。

彼は、安積を見ると会釈をした。

「どんな様子だ？」

「今、金属球の摘出をしています」

「リシンに間違いないのか？」

「間違いないと思います。すでに患部が赤く腫《は》れてきていました」

「摘出すれば、問題ないんだな？」

「それは自分にはわかりかねます。医者に訊《き》いていただかないと……」

「そのときの状況を詳しく教えてくれ」

その安積の言葉を聞いて、黒木が無言でメモ帳を取り出す。

捜査一課の捜査員が話しはじめた。

「午後八時二十分頃のことだと思います。夕方のラッシュは終わりましたが、遊びに来る若者などが増えて、駅構内はまだ混雑していました。自分らは、改札の外で、聞き込みをやっていました。ある女性から話を聞き終わって、しばらくしたとき、須田さんが、突然、あっと声を上げたのです。そして、右太腿《ふともも》の後ろを手で押さえました」

「そのとき撃ち込まれたんだな?」

「はい」

「犯人に気づかなかったのか?」

「気づきませんでした。雑踏の中でしたし、犯人は背後から近づいてきましたので」

「逃走する姿も見なかったのか?」

「見ませんでした」

「そうか……」

犯人を目視しなかったからといって、彼の落ち度とは言えない。犯人も、充分に警戒していたはずだ。

黒木が言った。

「犯行の現場が、防犯カメラに映っているかもしれませんね」

SSBCからまだビデオ解析の結果は届いていない。時間を限定しているとはいえ、ゆりかもめの駅から集めた映像は、かなりの量になるはずだ。そこに映っている人々の数は膨大だ。解析に手間取るのも無理はないかもしれない。

だが、もし須田にリシンを撃ち込んだ瞬間が映像に残っていたら、それは大きな手がかりとなる。

安積は、捜査一課の捜査員に尋ねた。

「防犯カメラの映像を入手する手配は?」

「済ませました。捜査員が取りに行く手筈《てはず》になっています。須田さんにそう指示されまして……」

「君は、その手配をしてから病院に来たんだな？」

「はい」

さすが須田だと、安積は思った。自分が毒物を撃ち込まれたと知っても、冷静にやるべきことを相棒に指示したのだ。

処置室から手術着姿の医者が出てきた。安積は、医者に尋ねた。

「須田の様子はどうです？」

医者はマスクをしたままこたえた。

「金属球は摘出しました。今、分析に回していますが、おそらく過去三件と同じ毒物が仕込まれていたものと思われます」

「リシンですね？」

「そうです」

「摘出したからには、須田はだいじょうぶなのですね？」

「リシンは、致死量が、体重一キロ当たり三十マイクログラムと、ひじょうに毒性が強い。撃ち込まれてから比較的短時間のうちに摘出できたので、それほど多くの量が吸収されたとは思えませんが、予断を許しません。しばらく様子を見る必要があります。リシンには解毒剤がありませんから……」

「毒性が発揮されるまで、しばらく時間があるのですね?」

「ええ」

「話を聞けますか?」

「だいじょうぶです」

安積は、黒木といっしょに処置室に入った。検査着姿の須田がベッドに横たわっている。安積を見ると、目を丸くして言った。

「係長……。どうしたんですか」

「どうしたもこうしたもあるか。おまえがリシンを撃ち込まれたと聞いて、様子を見に来たんだ」

須田は、照れたような顔を見せた。

「だいじょうぶですよ。すぐに摘出できたんですから……」

「そうだな」

「油断してました。犯人を目視できればよかったんですが、気がついたときは、すでに犯人の姿はありませんでした。すいません」

「謝ることはない。その他に何か気づいたことはないか?」

「コウモリ傘を持っている人がいないか、気をつけてはいたんです。でも、天気予報では降水確率三十パーセント以下なので、傘を持っている人は見かけませんでしたね」

「雨の用心なら、たいていは折りたたみ傘を携行するだろうからな……」

「すいません。まさか、自分が被害にあうとは思ってもいなかったもので、何も気づきませんでした。ほんと、うかつでした」

「いや、俺がもっと早く気づくべきだったんだ」

「気づく……？　何にです？」

「犯人は、無差別にリシンを仕込んだ金属球を撃ち込んだ。そして、臨海署だけにメールを送ってきた。犯人は臨海署に対して怒りを抱いていた。もっと限定していえば、臨海署の強行犯係に対して怒っていたのかもしれないんだ」

　黒木が安積に言った。

「須田チョウが狙《ねら》われたということですか？」

「その可能性は、おおいにあり得る。そして、今後も強行犯係の捜査員が狙われる恐れがあるということだ」

　須田が言った。

「もし、そうだとしたら、それは犯人と接触するチャンスですね」

　須田はあくまでも前向きだ。

　安積は、須田と黒木を交互に見ながら言った。

「いい機会なので、ちょっと二人に訊いておきたいことがある」

　須田が尋ねた。

「何です？」

「宮間事件のことだ。四年以上も前のことなので、記憶がはっきりしないんだ」

「でも、係長は何か気になると言っていましたね」

「そう。宮間事件は、単なる傷害致死事件ではなく、判決が下された後も、ネットやマスコミで話題になった。社会的な影響力が大きかったんだ」

「それで、俺たちに訊きたいことって、何です？」

「宮間事件の捜査は、適正だったと思うかどうか……」

須田が目を丸くした。

「もちろん捜査に問題はなかったと思いますよ。だからこそ、有罪にできたんです」

安積は、黒木を見た。黒木が言った。

「問題なかったと思います」

彼の返答はいつも、須田とは対照的で簡潔だ。

安積は言った。

「だが、宮間は一貫して無罪を主張していた。いや、今でも主張しつづけているらしい」

須田が言った。

「それって、ネットやマスコミがカリスマに祭り上げてしまったからじゃないですか？」

「その線もないとは言えない。だが、気になることがある」

「気になること……？」

「そう。宮間は再審請求をしているが、それを進めていた弁護士が二年前に急死している」

須田は何も言わない。

ふと気づくと、須田の額に汗が浮いている。見るからに気分が悪そうだった。

「おい、だいじょうぶか……？」

須田がこたえた。

「さあ、だいじょうぶなんでしょうか……」

額の汗がひどくなる。安積は言った。

「待ってろ。今、医者を呼んでくる」

黒木が言った。

「自分が行って来ます」

言い終わる前に彼は処置室から廊下に飛び出していた。

須田の目つきが定まらなくなってきていた。

「須田、しっかりしろ」

「係長……。俺、なんかヤバそうですね……」

「だいじょうぶだ。ゲオルギー・マルコフは暗殺されたが、同じようにリシンを撃ち込まれて、助かった人もいたんだろう？」

須田は、弱々しくつぶやいた。

「そう……。ウラジミール・コストフは……、助かり……」

そこまで言って、須田は目を閉じた。

た。

　そこに医者がやってきた。

　脈を取り、目蓋《まぶた》をめくってペンライトの光を当てる。それから、付いてきていた看護師に言った。

「おい、須田……」

「ICUに運ぶ」

　ICUは、集中治療室だ。それだけ容体が重篤だということだろうか。すぐに、須田を移動する作業が開始された。

　安積は医者に尋ねた。

「危険な状態なんですか？」

「ICUに運ぶのは、あくまで念のためですので……」

　これは、気休めかもしれないと、安積は思った。

「リシンは、発症するまで最低でも四時間はかかるんですよね。須田は、撃ち込まれてからまだ二時間も経《た》っていません。発症するのが早すぎませんか？」

「経口投与よりも、それ以外の投与のほうがより毒性が強くなるのがリシンの特徴なんです。この患者さんの場合は、筋肉注射と同じ状況ですから、初期症状が早く現れたのかもしれません」

「初期症状が……。と、いうことは、これから本格的な症状が出るということですか？」

「まだそれほどの高熱ではありませんが、これから熱が高くなっていくでしょう」

「助かるんですよね？」

「本人の体力次第です。先ほども申しましたが、リシンには解毒剤がありません。対症療法をするしかないのです」

「今回と同じように、リシンを仕込んだ金属球を撃ち込まれたが、摘出することで命が助かったという例が、過去にあったと聞いています」

「私どももリシンについては調べました。それは、ウラジミール・コストフの例ですね？　そう。摘出が早かったので、助かる可能性は充分にあります」

この言い方は微妙だと、安積は思った。できれば、「助かる」と言い切ってほしかった。

「失礼します。これから対症療法を始めますので……」

医者が歩き去った。

安積は、そのあとについていくことにした。黒木と、捜査一課の捜査員も安積といっしょに移動した。

医者が集中治療室に入っていく。安積たちは、ガラス越しに須田の様子を見ることになった。

## 14

さきほど須田は、目を閉じてしまったが、意識を失ったわけではなさそうだ。ただ、ひどく気分が悪くなって、話すのが辛《つら》くなったのだろう。

医者の質問にこたえている様子が見て取れた。

安積は時計を見た。午後十時になろうとしていた。管理官室に連絡を入れる必要がある。携帯電話の使える場所へ移動、管理官室の固定電話にかけた。

連絡係が出た。

「安積だ」

「お待ちください。管理官に代わります」

すぐに池谷管理官の声が聞こえてきた。

「どんな様子だ?」

「金属球が撃ち込まれていました。やはり、リシンのようです。金属球の摘出が終わりましたが、初期症状が出て集中治療室に移動しました。医者は予断を許さないと言っています」

「摘出したのに、発症したのか?」

「医者によると、経口投与よりも、それ以外の投与のほうが、毒性が強く発揮されるのだそうです。すでにどの程度のリシンが体内に吸収されたのかはわからないそうです」

「捜査員が、駅の防犯カメラの映像を入手した。それをSSBCに届ける。もし、犯行の瞬間が映っていれば、犯人の特定に役立つだろう」

「緊配はどうでした?」

「空振りだった」

安積は、ここにいて須田の様子を見守りたかった。だが、それは許されないだろう。捜査を進めなければならない。それが警察官の役割だ。

安積は言った。

「これからそちらに戻ります」

「わかった」

電話を切ると、安積は戻って黒木に言った。

「気になるだろうが、ずっとここにいるわけにはいかない。あとは医者に任せよう」

黒木は即座にこたえた。

「わかりました」

こういう場合でも、決して指示に逆らわない。それが黒木だ。

それから安積は、須田と組んでいる捜査一課の捜査員に言った。

「君はここにいてくれ。何かあったら、すぐに連絡をくれ」

「了解しました」

安積は、ガラスの向こうの須田を一瞥《いちべつ》してから、歩き出した。黒木は、しばらく須田を見つめていたようだ。それから駆け足で安積を追ってきた。

十時十分頃、管理官室に戻った。

佐治がすぐに安積に尋ねた。

「それで、須田は何か見ていなかったのか？」

安積は、須田や彼の相棒から聞いた話をそのまま伝えた。

佐治は、顔をしかめた。

「せっかく犯人と接触していて、手がかりなしか……」

緊急配備が空振りだったこともあり、苛立《いらだ》っている様子だ。安積は言った。

「防犯カメラの映像に期待できると思います」

池谷管理官が言った。

「今日も、聞き込みでは有力な目撃情報は得られなかった。明日も、午前七時に聞き込みを開始だ」

今日は解散ということだ。

捜査員たちが帰路に就く。あるいは、これから聞き込みに出る熱心な捜査員もいるのかもしれない。

安積は、村雨に言った。

「この後、ちょっと時間をもらえるか？」

「いいですが……」

「他の係員も集めておいてくれ」

「どこに集合しますか?」

「強行犯係だ」

「了解しました」

それから、安積は池谷管理官に近づいて言った。

「少し、よろしいでしょうか?」

「何だ?」

「須田が襲撃を受けたことについて、なんですが……」

「部下がやられたんだ。いろいろと言いたいことはあるだろうな」

「犯人は須田を狙っていたのだと思います」

池谷管理官は、眉《まゆ》をひそめた。

「須田を狙っていた……」

「そうです。臨海署強行犯係の刑事である須田を……」

「なるほど……」

池谷管理官が言った。「犯人は、臨海署だけにメールを送ってきた。そして、今度は臨海署の強行犯係の捜査員を犠牲者に選んだ……。より的を絞ってきたということか」

「我々強行犯係が過去に手がけた事案と関係がある可能性が、より強まったのだと思います」

「それが宮間事件だというのか?」

「私はそう思います」

池谷管理官は考え込んだ。

いつものように、佐治係長が会話に割り込んできた。

「安積班が手がけた事件は、宮間事件だけじゃない。重要事件に限っても、他にたくさんあるはずだ。宮間事件に関係しているという確証は何もないんだろう?」

「確証はありませんが、気になる点がいくつもあります」

「弁護士が急死しているという件か?」

「そう。それもその一つです。再審請求をしている間に亡くなりました」

「運が悪かったんだな。そういうことだってある」

「事件当時、被害者の喜田川琢治の周辺には、きな臭い動きがありました」

池谷管理官が尋ねた。

「きな臭い動き? 何だそれは……」

安積は、保利沢組幹部が金を着服しており、それを喜田川に知られた可能性があることを話した。

「喜田川の会社で稼いだ金が、保利沢組経由で坂東連合に流れていたんだな? その一部を幹部が着服していたと……」

「それを喜田川に知られたら、当然口封じをしなければならなかったでしょう」

佐治が言った。

「宮間事件の捜査のとき、そのことは問題にならなかったのか？」

「強行犯係ではなく、助っ人のマル暴がその情報を入手していたのですが、私の耳には入りませんでした」

「なぜだ？」

「裏が取れている情報ではなく、噂《うわさ》レベルだったと、暴力犯係では言っています。そして、そうした情報には担当検事が興味を示しませんでした」

池谷管理官が言った。

「まあ、未確認情報なら無理もない。検事は、しっかりとした捜査方針を立てていたということだ」

安積は言った。

「自分も、当時はそう信じて捜査を進めました」

「当時は……？」

佐治が言った。「今は、そうじゃないというのか？」

「死因に疑問を抱いた者もいます」

池谷管理官が言う。

「死因？　たしか、急性硬膜外血腫《けっしゅ》だったな」

「はい。宮間と喜田川が素手で揉《も》み合っているのを、複数の者が目撃していました。その直後、喜田川が死亡しました。その目撃証言が、宮間の犯行と断定する決め手となりました」

佐治がうなずく。

「複数の目撃証言があれば、それで間違いないだろう」

「素手で殴ったくらいでは、急性硬膜外血腫は起きにくいのだそうです」

佐治が言った。

「だが、起きないわけじゃないんだろう？」

「それはそうなのですが……」

池谷管理官が言った。

「司法解剖の結果は？　素手ではなく、鈍器か何かで殴られたのなら、当然その所見が出るだろう」

「特に鈍器を使用したような外傷については触れられていませんでした」

佐治が言う。

「だったら、素手で殴られてそうなったんだろう。当たり所が悪かったってやつだ」

「その確率は、ずいぶんと低いようですが……」

「だが、起こりえないことではない。いいか、事件を見直すのはいい。宮間事件の関係者の中に、今回の毒物事件の手がかりがあるかもしれないという話は認めよう。だが、事件そのものをひっくり返そうなんて考えるなよ。すでに、裁判で結論が出ている。宮間は服役しているんだ」

池谷管理官が、声を落として言った。

「安積君。今朝も言ったことだが、冤罪かもしれない、などと騒ぎ立てて、得をする者は一人もいないんだ。君を含めてな」

「警察や司法の側には、得する者はいないかもしれません。しかし、受刑者には重要なことだと思います」

池谷管理官は、厳しい眼を安積に向けた。

「悪いことは言わない。宮間事件については、今回の毒物事件の手がかりを探すに留《とど》めておくんだ。それ以上のことをする必要はない」

ここで管理官に逆らうわけにはいかない。

ただ、納得できないのに言いなりになるわけにもいかないと、安積は思った。

「手がかりを見つけることを最優先にします。しかし、その過程で新たな事実が見つかることもあります」

佐治がむっとした顔になった。それを制するように、池谷管理官が言った。

「もし、そういうことがあったら、まず私に知らせてくれ」

「了解しました」

安積はこたえて、二人のもとを離れた。

強行犯係に、須田以外の全員が顔をそろえていた。水野は、宮間事件を手がけた頃、まだ安積班にいなかった。だからといって、彼女を外すわけにはいかない。水野は、今やれっきとした安いうことだ」

「今、集中治療室で対症療法を受けている。医者が言うには、本人の体力次第で助かるだろうと

「須田のこと、黒木から話は聞きました。医者は予断を許さないと言ったそうですね」

安積の顔を見ると、村雨が言った。

積班の一員だ。

みんなを安心させるために、少しだけニュアンスを変えて話した。

だが、彼らの表情は晴れない。

安積はさらに言った。

「早期に金属球を摘出したので、それほど多くのリシンが吸収されているとは思えない。致死量は体重一キロ当たり三十マイクログラムだということだが、須田は体重が多いので、それが幸いするかもしれないな」

その場の雰囲気を和らげようと思って言った安積の気持ちを、村雨は理解してくれたようだ。

安積の言葉を受けて、彼は言った。

「そうですね。須田はああ見えて、体力は充分にありますし……」

「ここで、須田のことをあれこれ言っていても仕方がない。あとは医者と本人に任せるしかない。ひとつ、言っておかなければならないことがある。須田が被害にあったということは、みんなにもその危険があるということだ」

村雨が眉をひそめる。

「それは、強行犯係の係員、ということですか?」

「これまでの経緯から、毒物事件の犯人は、過去に我々が扱った事案に関係の深い人物ではないかと、俺は考えている」

黒木、桜井、水野の三人は言葉を挟まず、安積の話に耳を傾けている。

村雨がみんなを代表して質問する。

「その事案が、宮間事件だというわけですね?」

「そう。俺はそう考えている」

水野が言った。

「宮間事件というのは、テレビ局の報道記者が、暴力団のフロント企業の経営者を殺害した件ですね?」

「そう。水野が強行犯第一係にやってくる前に、俺たちが手がけた事案だ」

村雨が言う。

「じゃあ、水野は狙われる心配はないということですか……」

安積はこたえた。

「いや、犯人は当時の捜査員を正確に把握しているかどうかわからない。担当した係だということで、全員が狙われる恐れがある」

「刑事を狙うなんて、上等ですね。それは、犯人確保のチャンスじゃないですか」

安積は思わず笑みを洩《も》らした。

「須田も同じことを言っていた。たしかに、そのとおりだ。俺たちは素人じゃない。訓練を積んでいる。犯人が接触してくるとしたら、それは確保のまたとないチャンスとなる。だが、事実、須田はリシンを撃ち込まれた。充分に注意をする必要がある」

桜井が言った。

「無差別に捜査員を狙っているということはありませんか？　それがたまたま須田チョウだった可能性はあります」

「それは否定できない。だが、犯人は臨海署宛《あて》にメールを送ってきた。ある程度、こちらのことを把握していると考えるべきだと思う」

村雨が、思案顔で言う。

「どうやって警察内部のことを調べたんでしょうね。一般人には難しいでしょう」

「今はネットがあるからな」

安積は言った。「たいていのことは、ネットでわかるし、ハッキングの技術があれば、どんな情報だって手に入る」

「ハッキングについてはどうでしょう」

珍しく黒木が発言する。「メールは、ごく一般的なフリーメールサービスを利用したものでした。ハッカーなら、もっと巧妙に発信元を隠すなどの処置をしたのではないでしょうか」

それに対して、水野が言った。

「ハッカーだからこそ、無駄な手間を省いたということも考えられるわ」

安積は、水野に尋ねた。

「どういうことだ？」

「たしかに、海外のプロキシサーバーなどを間に挟むことで、発信元をわからなくすることはできます。でも、図書館などの公共施設やホテルのパソコンから一時的にフリーメールサービスを利用することで、同じように発信元を秘匿することができます。ハッカーなら、わざわざ手間暇をかけるより、より効率的な手段を選ぶと思います」

「詳しいことはわからないが、つまり、手間と効果をちゃんと把握していれば、無駄な労力を使わないだろうということか？」

「そういうことです」

「なるほど……」

安積がうなずくと、村雨が言った。

「ハッカーでなくても、警察の内部情報を知る手段はありますよ」

「例えば？」

「宮間は報道記者だったのでしょう？　だったら、犯人もジャーナリストと関係している可能性があります。記者ならば、警察に出入りできます」

安積は、この指摘にぴんときた。

「犯人はジャーナリストに関係しているかもしれないと、須田も言っていた。今回の毒物事件は、ゲオルギー・マルコフ暗殺事件を模倣しているらしい。ゲオルギー・マルコフはジャーナリストだった。そして、宮間もジャーナリストだ」

　村雨が慎重な口調で、安積に言った。

「それで、宮間事件を洗い直すんですね？」

「そうだ。何とか、今回の毒物事件の手がかりをつかみたい」

「手がかりをつかむ……。それだけですか？」

　村雨は、安積の考えを理解した上でそう尋ねたのだろう。安積はこたえた。

「それ以上のことはやるなと、池谷管理官に言われている。だが、俺は事件の真相を知りたいと思っている」

「宮間の有罪判決に納得がいかないということですか？」

「その結論に問題はなかったと、ずっと思ってきた。しかし、少しばかり事情が変わってきた。きっかけは、毒物事件だ」

「毒物事件がきっかけ……？」

「犯人は、強い怒りを表現しようとしている。それは、おそらく宮間が無罪だと信じているからだろう。犯人が何かを知っている可能性もある」

　村雨が顔をしかめる。

「宮間は、あと半年ほどで出所ですよ。いまさら事件をひっくり返す必要があるんでしょうか？」

「刑期を終えたとしても、犯罪歴は残る。もし、宮間が本当に無罪だったとしたら、名誉回復を図らなければならないと思う」

「それは、弁護士の仕事であって、我々捜査員の仕事ではないでしょう」

「だが、俺はやるべきだと思う」

「冤罪だったとなれば、さかのぼって係長の責任も問われることになるかもしれませんよ」

「責任云々の話ではない。人の一生の問題だ。冤罪だったら、それを晴らさなければならない。ここではおかむりをすれば、警察の信頼が損なわれる」

村雨は、確認するように、黒木、桜井、水野の顔を見回した。それから、彼は言った。

「わかりました。やりましょう」

安積は、うなずいてから言った。

「現在のみんなの仕事は聞き込みに回ることだ。宮間事件の洗い直しに、みんなの手を借りることは許さないと、管理官に言われている。だから、ここで宮間事件について、みんなが記憶していることを話してくれ」

そして、安積は、宮間事件について、これまでわかったことを説明しはじめた。

## 15

安積は、説明しているうちに、だんだんと宮間が犯人だったという確信が揺らいでいくのを感じていた。

これまで、事件を見直して、そう感じたことは滅多になかった。捜査をしていた当時は、まったく疑いを持たなかった。

それが、今になって思うと不思議だった。記憶は作られるものだと、よく言われる。思いこみによって、事実とは違う記憶が残ってしまうのだ。

都合のいい事実だけをつなぎ合わせるということもある。その場合、拾い上げるのが嘘《うそ》ではなく事実だということが問題だ。

事実を集めて、結果的に間違った結論を導き出してしまうのだ。こうした事実の歪曲《わいきょく》は、嘘を重ねるよりも始末に悪い。

嘘だと言い切れず、反論がしにくいからだ。検察は、しばしばこの手を使う。不利な証拠にはあまり触れず、自分たちに有利な証拠だけを取り上げる。

宮間事件も、そうだったのではないかと思うと、安積は不安になってきた。

説明を聞き終えた村雨が言った。

「たしかに当時、鑑識の石倉係長や、暴力犯係の真島係長は、ちょっとした疑問を抱いていたようでした」

　水野が確認するように言う。

「石倉さんは、死因について、真島係長は、喜田川の会社から、坂東連合への金の流れに、不審な点があったと指摘しているわけですね？」

　安積は水野に尋ねた。

「元鑑識のおまえさんは、どう思う？　素手で揉《も》み合っていて、急性硬膜外血腫《けっしゅ》が起きる確率はどれくらいだと思う？」

「確率というのは、意味がないと思います。確率が百分の一、千分の一でも、何かが起きるときは起きます。問題は、怪我《けが》の様子と状況です。条件がそろえば、素手の揉み合いでも、急性硬膜外血腫は起きます」

「その条件というのは？」

「たとえば、揉み合っているうちに、頭を壁などに強打するとか……」

「だがな……」

　村雨が水野に言った。「頭を壁に打ちつけたりしたら、その痕跡《こんせき》が残る。解剖では、そういう痕跡は見られなかった。もちろん、鈍器で殴られたような跡も、だ」

「だとしたら、ごく希《まれ》にしか起きないことが、たまたま起きてしまった、としか言いようがないですね」

　村雨が、安積に言った。

「宮間が喜田川の自宅におしかけ、二人が口論の末に揉み合っていたのを、複数の人間が目撃しています。それについては疑いようがないでしょう」

「そのとおりだと思う」

安積はこたえた。「だが、石倉さんが疑問に思ったことが、当時、取り沙汰《ざた》されなかった。それが、どうもひっかかるんだ」

村雨が言う。

「問題にする必要がないくらいに、些細《ささい》なことだと判断したんだと思います」

「誰が判断したんだ？」

「最終的には、検察官や裁判官の判断、ということになると思います」

「だが、捜査の現場で指揮を執ったのは俺だ。俺の責任ということにもなる」

「いや、石倉さんや真島さんの話を聞いていながら、それをちゃんと係長や検察官に伝えなかったのは、自分です。つまり、自分の責任ということになります」

「おまえに責任を取らせるようなことはしない」

「ですが……」

安積は村雨を遮るように言った。

「実際に何が起きたのか。それをちゃんと知る必要がある」

水野が言った。

「当時の捜査には、検察官の思惑が強く作用していた……。そうした思惑を取っ払って、事件を洗い直すということですね？」

　安積はうなずいた。

「その必要があると思う。それを明らかにすることで、毒物事件の犯人の動機もわかってくるのではないかと思う」

　村雨が言う。

「動機がわかれば、おのずと犯人像が浮かんできますね」

「そういうことだ。宮間事件を洗い直す第一の目的は、毒物事件の犯人を特定することだ。だが……」

　村雨が尋ねる。

「だが、何です？」

「今回の毒物事件と宮間事件が関係しているというのは、あくまで俺の考えだ。確証があるわけじゃない」

　村雨が言った。

「自分は、係長を信じますよ。調べてみる価値はあります。それに、刑事総務係の岩城係長も宮間事件に注目していたんでしょう？　二人がそう思っているのなら、まず間違いはないでしょう」

「再審請求をしている最中に、弁護士が急死しているというのも、どうも気になる」

　桜井が言った。

「その弁護士は、いったい何をつかんでいたのでしょう。よほど確かな証拠なり証言がなければ、再審請求に踏み切ったりはしないでしょう？」

「もう、本人にそれを訊《き》くことはできない」

安積は言った。「だから、周辺から探るしかない」

村雨が、安積を見て言った。

「事件をひっくり返すことになっても、いいんですね？」

安積は眼《め》をそらしたくなったが、なんとかこらえた。

「もし、冤罪《えんざい》だったとしたら、それを晴らす必要があると思う」

村雨は、眉《まゆ》をひそめた。

「冤罪だったとわかったら、ちょっと面倒なことになりますね」

「管理官は、あくまでも余計なことはするな、と言っている。捜査一課の佐治係長も同じ意見だ」

「聞き込みをしつつ、宮間事件についても調べるということですね？」

「おまえたちの仕事は、あくまで聞き込みがメインだ。宮間事件については、空き時間に調べてもらうことになる。まあ、空き時間など、ほとんどないことは百も承知だがな」

安積は、ここに須田がいないことに強い違和感を覚えていた。村雨は、頼りになる刑事だ。だが、須田にはかなわないと安積は思っていた。

警察官としては村雨のほうが優秀だろう。この先、村雨は順当に出世していくに違いない。

その点では、須田はちょっと心許《こころもと》ない。しかし、安積にとっては、須田の洞察力や、他の刑事とはちょっと違った視点が、何より重要だと思う。

そんなことを考えていると、村雨が言った。

「東報新聞の由良の件ですが……」

「由良……？　ああ、遊軍記者だったな」

「たまに署に顔を出すんですが、このところ姿を見かけた者はいないということですね」

安積は、他の係員たちに尋ねてみた。

「おまえたちは、東報新聞の由良を知っているか？」

水野がうなずいた。

「親しくはないですが、知っています」

黒木がこたえる。

「知っていますが、滅多に話はしません」

最後に桜井が言った。

「顔も名前も知っていますけど、話をしたことはありません。東報新聞なら、山口記者としか話をしませんね」

安積は村雨に言った。

「つまり、情報の出所は、うちの係ではないということだな？」

「係長に言われたとおり、他部署の係員にもそれとなく訊いてみましたが、由良と接触した者はまだ見つかっていません」

「捜査情報を洩《も》らしたとなれば、管理官室に出入りできる者たちが、まず疑わしいということになるが……」

「だとしたら、臨海署の係員とは限りませんね。捜査一課の係員もいるわけですし……。遊軍ならば、警視庁本部にも出入りしているかもしれません」

臨海署から情報が洩れた。これまで、ずっとそう思っていた。池谷管理官もそう考えているのだろう。

だからこそ、池谷管理官は、どこから洩れたのか調べろと、安積に命じたのだ。もし、これが臨海署以外のところから洩れたのだとしたら……。

安積は、村雨に言った。

「引き続き、由良について調べてくれ」

「了解しました」

須田が戦列を離れた今、村雨への負担が増えていることはよくわかっていた。だが、彼ならやってくれる。そういう信頼感はあった。

俺は、都合よく村雨を利用しているのかもしれない。一瞬、そんな思いが頭の中をよぎった。

だが、安積はそれを打ち消した。

あくまでもこれは、村雨に対する信頼なのだ。そう思うことにした。

時計を見ると午後十一時を過ぎていた。

「さあ、今日は引きあげよう」

安積は言った。「みんな、明日も早朝から聞き込みだ」


部下たちが全員部屋を出て行くのを見届けた。

俺もぼちぼち引きあげよう。

そう思っていると、部屋に速水が入って来たので、安積は驚いた。

「おまえは、非番なんじゃないのか？」

「そうだ」

「どうして署にいるんだ？」

「非番なんだから、どこにいようと俺の自由だ」

「だからといって、署に出てくるやつは滅多にいない」

「須田が、リシンを撃ち込まれたと聞いた」

「ならば、病院に行くべきだろう」

「行ってきた。つい、今しがたまで病院にいたんだ」

「須田の様子はどうだった？」

「熱が出て来たと、医者が言っていた」

「リシンを仕込んだ金属球を、すぐに摘出したので、心配はないと思っていたんだが……」

「医者と本人に任せるしかない」

速水は、気休めは言わない。

「そうだな」

「犯人の目星は？」

「何度も言うが、捜査情報を洩らすことはできない」

「こちらも何度も言わせてもらうが、そいつは水くさいな。須田は仲間だと思っている。その須田がやられたんだ。捜査状況を聞くくらいの権利はあるだろう」

「権利はない」

安積は言った。「だが、ここだけの話にしてくれるのなら、話してもいい」

「もちろんだ」

「毒物事件の犯人の目星はまだついていない。今、ＳＳＢＣが防犯ビデオの解析をやっている。それに、須田が被害にあったときのビデオも加わることになるだろう」

「目撃情報は？」

「ない。お台場というところは、もともと目撃情報が集まりにくい土地だった。ベイエリア分署の時代から、ずいぶんと苦労している」

「人が落ち着いて住むような場所じゃないからな。人の往来があって、やがて村ができ、それが大きくなって町になる……。それが自然な町の成り立ちだが、お台場はそういう自然発生的な町じゃない。人は流動するだけで、留《とど》まらない。だから、目撃情報もなかなか集まらない……」

「そういうことだ。集合住宅がたくさんできた今でも、その事情はあまり変わっていない」

「つまり、防犯ビデオだけが、頼みの綱というわけか」

「いや、例の宮間事件だが、そちらから犯人を特定できる可能性はあると思う」

「そっちは、それなりに進展があったというわけだな？」

「ああ。だが、管理官には釘《くぎ》を刺されている」

「どういうことだ？」

「宮間は、真犯人じゃないかもしれない」

「だが、刑は確定しているんだろう？」

「そう。収監されている。だが、再審請求が出されたことがある」

「再審請求が通ることは滅多にないし、それで判決が覆されることもほとんどない。結局だめだったということだろう？」

「担当の弁護士が急死しているんだ」

速水がうなった。

「きな臭いな……」

「そう。さらにつつくと、いろいろなことが出てきた」

「いろいろなこと……？」

安積は、石倉と真島が抱いていた疑問について説明した。

「なるほど……」

速水が言う。「ますますきな臭い」

「管理官は言うんだ。今さら、刑が確定している事件をほじくり返しても、誰も得をしない、と……」

「だが、おまえはやりたいのだな?」

「やらなければならないと思っている。裁判の結果どおり、宮間が犯人だったとしても、それはそれでいい。確認作業も大切だからな」

「冤罪だったとしたら、ちょっとした騒ぎになるな。担当した検察官の顔に泥を塗ることになる」

「そして、その事案を担当した俺の責任も問われることになるかもしれない」

「それでも洗い直すんだな?」

「俺のことを、ばかだと思うだろうな」

「今始まったことじゃない」

「まあ、そうかもしれない」

「もし、須田がここにいたら、うれしそうな顔をしていたと思うぞ」

安積はそれを想像した。

「そうだな」

「ばかなおまえに、一つアドバイスがある」

「何だ?」

「誰か、偉いやつを巻き込んでおけ」

「偉いやつ……？」

「たとえば、野村署長だ。彼は、おまえのことを、ずいぶんと買っている。早い段階で、相談しておくのも手だ」

「藪蛇《やぶへび》になって、ストップをかけられたらどうするんだ？」

「そのときは、そのときだ」

安積は、考えた。

たしかに野村署長は、理解のある上司だ。そして、正義感も人一倍強い。

彼なら過ちを正すことを恐れないかもしれない。速水が言うとおり、味方になってくれるかもしれない。

もし、そうでないとしても、早い段階で事情を話しておくべきだと気づいた。いきなり、冤罪でした、と告げられたら、署長にとっても寝耳に水で、対処に苦慮することになるかもしれない。

「わかった」

安積は言った。「おまえのアドバイスに従ってみよう」

速水がうなずいた。

「帰るんだろう？　送って行こうか？」

「自家用車で来ているのか？」

「非番だからな」

ありがたく、乗せてもらうことにした。

山手通りで下ろしてもらい、裏通りの自宅マンションに近づくと、すでに深夜零時が近いというのに、記者の姿があった。

四人いる。その中に、山口友紀子の姿もあった。

安積の姿を見ると、彼らは近づいてきた。質問される前に、安積は言った。

「今日は何も話すことはない」

山口が言った。

「今日、須田チョウが病院に運ばれたそうですね？　何かあったんですか？」

「俺からは何も言えないんだ」

別の記者が言う。

「聞き込みの最中に、救急車で運ばれたということですが、他の被害者と同じなんじゃないですか？」

安積は言った。

「そんな質問にこたえたら、俺はクビだ。君たちは、俺をクビにしたいのか？」

さらに別の記者が質問する。

「被害者は、毒物の被害にあったということですが、須田チョウも同じなんですか？」

「明日の記者会見を待ってくれ。俺に言えるのは、それだけだ」

山口が言った。

「須田チョウの容体はどうなんですか?」

安積は、オートロックの玄関に入ろうとして足を止めた。振り向いて山口を見る。

「詳しいことは話せない。だが、須田はきっとだいじょうぶだ。俺はそう信じている」

他の記者が尋ねる。

「毒物なんですね? 犯人はどうやって毒物を被害者に摂取させるんですか? 空気中に散布するんだとしたら、もっと広範囲に被害者が出るはずですよね。経口投与なんですか?」

安積はこたえない。

記者たちは、すでにかなりの事実をつかんでいることだろう。彼らだって遊んでいるわけではないのだ。

そして、東報新聞に抜かれた。他社は、このまま黙ってはいられないと考えているに違いない。取材合戦は、さらに熱を帯びてくるはずだ。すでに、最初のリシンの被害者が死亡してから三日経《た》っている。これ以上、事実をマスコミに伏せておくのは不可能ではないか。

安積はそんな気がしていた。だが、情報公開を決めるのは安積ではない。上層部だ。上の者が秘密にしろと言えば、現場の人間は、じっと口を閉じていなければならない。日常的にマスコミと接している所轄の刑事は、辛《つら》い立場に置かれることになる。

さらに別な記者が尋ねる。

「これは、テロですか?」

安積は、その記者を見据えて言った。

「警察はテロだとは、一言も言っていない。憶測で記事を書いたりしないでくれ」

「でも、毒物で三人の一般人が死亡し、さらに警察官が一人、被害にあったのでしょう?」

「須田が病院に運ばれたのは、毒物のせいだとは言っていない。それも、君らの憶測に過ぎないのだろう?」

「じゃあ、実際はどうなんです?」

「俺は何も言えないと言っただろう」

安積は、玄関脇のテンキーに数字を打ち込み、玄関の自動ドアを開けた。

「三人の被害者と同じだとしたら、須田チョウも危険な状態なんですね?」

背中で山口の声を聞いていた。

背後でドアが閉まり、記者たちの声が聞こえなくなった。

## 16

翌日の朝刊を見て、安積は驚いた。

東報新聞だった。

「警察官も被害か?」の見出し。警察官が、ゆりかもめの青海駅から救急車で運ばれたという記事だった。

さらに、その警察官は、お台場で被害にあった三人の一般人と同じ毒の被害にあったという見方もある、と書かれている。

安積は、登庁すると管理官室ではなく、刑事課長室に向かった。

榊原課長は、苦い表情だった。

「朝刊を見たんだな?」

「はい」

「また、東報新聞だ。須田の件、どこから洩れたんだ?」

「救急搬送されたところは、大勢の人が見てましたからね……」

「しかし、誰もそれが刑事だとは思わなかったはずだ」

「そうですね……」

救急車で運ばれる人物の素性が、野次馬にわかるはずがない。「でも、昨夜、夜討ちに来た記者たちは、須田が病院に運ばれたことを知っていました」

「夜討ち……?」

榊原課長が、眉をひそめて安積を見た。「まさか、君が洩らしたんじゃないだろうな?」

「いえ、私は何も言っていません。須田の話は、記者のほうから出たのです」

「東報新聞の記者か?」

安積は、どうこたえようか迷った。

「たしかに、最初に須田が病院に運ばれたことについて、私に質問したのは、東報新聞の記者でした」

「山口記者か?」

「そうです」

「気をつけてくれ。安積班と山口記者のことを、いろいろと言うやつもいる」

「いろいろと……?」

「安積班と山口記者が……、というより、君と山口記者は、仲がいいとか……」

「他社の記者と区別しているつもりはありません」

「わかっている。山口記者は目立つからな。どうしても噂《うわさ》が立ちやすい。やっかんでいるやつもいるだろう」

「やっかむ? 何をですか?」

「君と山口記者が、親しげに話をしているだけでやっかむやつがいるんだよ」

女はいろいろと面倒臭い。

「リシンによる無差別殺人のことを、マスコミに伏せているのは、もう限界かもしれません。記者たちは、かなりのところまで調べていますよ」

榊原課長が、しかめ面で言った。

「私だって、どうしてさっさと記者発表してしまわないのか不思議に思っているよ。だが、上の方針なんだ」

「上というと、どのあたりですか?」

「おそらく刑事部長だろう」

安積たち所轄の係長から見ると、本部の部長はまさに雲の上の存在だ。刑事部長の判断だと言われたら、何も言えない。

「新聞記事について、署長は何か言っていませんか?」

安積が尋ねると、榊原は一瞬考えてからこたえた。

「瀬場副署長は、いろいろと質問してくるよ」

「マスコミ対策は副署長の役割ですからね」

「だが、今のところ、野村署長は何も言ってこない。まあ、もともと細かなことを気にする人じゃないから……」

「こちらから確認しておく必要はないですかね?」

「おい、藪をつつこうってのか?」

「先手を打っておいたほうがいいと思います。いろいろとこじれてからだと報告しづらくなります」

榊原課長は、しばらく考え込んだ。

「署長に会いに行くためには、現場の声をよく知っておく必要があるな。君や相楽から詳しく説明を受けなければならない」

「私が署長に会ってもいいですが……」

榊原課長の表情が、少しだけ明るくなった。

「そうしてもらうと、時間の節約になるが……」

「課長から署長に、私が行くとおっしゃっていただければ……」

「それは問題ない。すぐに電話しよう」

榊原課長は受話器に手を伸ばした。警務課に電話して署長の都合を訊く間、安積は立ったまま待たされていた。

やがて電話を切ると、榊原課長が言った。

「すぐに会えるそうだ。行ってくれ」

「わかりました」

安積は、刑事課長室を出ると、まず管理官室に寄り、池谷管理官に言った。

「今朝の東報新聞の記事の件で、署長と話をしてきます」

「また、須田の件を抜かれたな」

「他社も、須田が病院に運ばれたことは知っていましたが、記事にしたのは東報新聞だけです」

佐治係長が言った。

「東報と通じている捜査員がいるんじゃないのか？」

安積はこたえた。

「うちの署の人間とは限りませんよ」

佐治係長が、安積を睨《にら》んで言った。

「それはどういう意味だ？」

「言ったとおりの意味です。もし、東報新聞の記者に、情報を洩らしている捜査員がいたとしても、それは臨海署の署員とは限らないのです」

「捜査一課の者が情報を洩らしたとでも言うのか？」

「そうだと言っているわけではありません」

「当然だ。そんなことがあるはずがない」

「でも、その可能性は、おおいにあると思います」

「何だと……」

池谷管理官がまた、安積と佐治の間に割って入った。

「野村署長は、記事についてどう言ってるんだ？」

「まだ何も言っていないようです。マスコミ対策は副署長に任せきっているのかもしれません。いずれにしろ、私は野村署長の気持ちを確かめようと思っています」

池谷管理官はうなずいた。

「わかった。行ってくれ」

安積は、佐治のほうを見ないようにして、池谷管理官に礼をし、署長室に向かった。

署長室のドアのそばに、副署長席がある。その近くに各社の記者たちが集まっている。昨夜、安積の自宅マンションに夜討ちに来た記者たちの姿もあった。

山口記者と眼が合ったが、安積は眼をそらし、署長室のドアをノックした。

「どうぞ」

署長の声が中から聞こえてきた。安積は、ドアを開けて入室した。

「失礼します」

席の正面に立つと、野村署長が言った。

「新聞記事のことだって？」

「はい。二度も東報新聞に抜かれました」

「記者だって必死だからな。それで……？」

そう訊かれて、安積はどうこたえていいかわからなかった。

「警視庁本部の池谷管理官から、どこから情報が洩れたのか調べろと言われました」

「わかったのか？」

「いえ、まだわかっていません」

「署内から洩れた可能性は？」

「ないとは言えませんが、少なくとも、強行犯係から洩れたのではないと思います」

「部下を信じたい気持ちはわかるが、刑事と記者の間では何があるかわからない。情にほだされて、ということもあるし、つい、うっかり、ということもある」

「強行犯係の捜査員たちは、充分に注意をしているはずです」

「その言葉を信じていいんだな？」

「はい」

野村署長はうなずいた。

「いいだろう。では、どこから洩れたのかな……」

「うちの署から洩れたとは限らないと言う者もいます」

「臨海署からじゃないとしたら、本部捜査一課の連中を疑わざるを得ないな」

「はい。臨海署を担当している東報新聞の記者は、一昨日の記事を書いていないと言っていました。おそらく、遊軍記者が書いたのではないかと、私は思っています」

「番記者は、山口記者だったな？」

「はい」

「番記者と遊軍記者は、何かとぶつかることが多いと聞いたことがある」

「そうですね」

「そうか……。山口記者が記事を書いたというのなら、臨海署から洩れた可能性がおおいにあるが、遊軍となると、たしかにうち以外から洩れたのかもしれないな……」

「はい」

「まあいい。どの道、事実は世間に知られるんだ。洩れたのも、たいした内容じゃない。あまり気にすることはないと、俺は思うが、管理官が漏洩元《ろうえいもと》を調べろというのなら、言われたとおりにすればいい」

「わかりました」

「ちなみに、どうやって調べているんだ？」

「村雨や速水に、臨海署内部のことを調べさせています」

野村署長は、声を上げて笑った。

「速水を使っているのか。そりゃあいい」

「あいつは信頼できるやつです」

「そうだな」

安積は、思い切って、宮間事件のことを話そうと思った。実は、そちらの話題のほうが本命だった。その話をするために、東報新聞に抜かれたことを利用したのだ。

「実は、もう一つ、お話ししたいことがあります」

「何だ？」

「宮間事件を覚えておいでですか？」

「覚えている。俺が署長になって間もない頃の事件だ。テレビ局の報道記者が、傷害致死で捕まったんだったな」

「その件を、洗い直そうと思っています」

野村署長は、怪訝《けげん》な顔で安積を見た。

「洗い直す？　どういうことだ。あの件は、もう刑が確定しているんだろう？」

「再審請求が出されていました」

「その結果は？」

「どうなっているのか、調べてみないとわかりません。担当していた弁護士が急死しましたので……」

「弁護士が急死……？」

「そうです」

「待て待て。そもそも、何のために宮間事件を洗い直そうというんだ」

「リシン事件の被疑者割り出しのためです」

「話がわからん。詳しく説明してくれ」

安積は、順を追って説明した。

話を聞き終えると、野村署長は言った。

「たしかに犯人は、臨海署だけにメールを送りつけてきた。臨海署に怨《うら》みを抱いているか、怒りの矛先を向けていることも考えられるな……」

「須田が被害にあいました。臨海署の強行犯係に対して怒りを向けている可能性が高いと思います」

「過去に扱った事案の中で、特に宮間事件が気になった理由は？」

「見直してみて、違和感がありました」

「違和感？」

「そうです。他の事案は、すべてきれいに片づいたという印象があったのですが、宮間事件だけは、いまだに何かがくすぶっているという感じがして仕方がなかったのです。受刑者が今でも無罪を主張しているというのも気になりました」

「調べてみたら、再審請求が出され、それを担当していた弁護士が急死していたというわけか……」

「その他にも、気になる点があります」

安積は、石倉や真島が言っていたことを伝えた。

署長は思案顔になって言った。

「だが、結果は有罪だったんだ。もし、犯人がその結果に不満だったとしても、それは仕方がないことだ」

「もしかしたら、犯人は、宮間が無罪だったという確証を手にしているのかもしれません」

「ばかな……。もし、そうだとしたら、再審請求のときに、それを役立てたはずだ」

「その予定だったのかもしれません。しかし、担当の弁護士が急死したことで、その確証が活かされないことになったのだとしたら……」

「そんな確証など、ないのかもしれない。もし、犯人が宮間事件の関係者だったとしても、ただ心情的に宮間が無罪だと信じたいだけなんじゃないのか？」

「私も、そうであってほしいと思います。宮間事件を担当したのは、私たちですから……」

「今さら事件を洗い直す必要があるのか？」

「犯人は、強く何かを訴えようとしています。それが、宮間の無罪なのだとしたら、調べないわけにはいかないと思います」

野村署長は、背もたれに体をあずけて腕を組んだ。

「安積係長。自分が何をしようとしているのかわかっているんだろうな？」

安積はこたえた。

「池谷管理官にも、まったく同じことを訊かれました。もちろん、わかっています。しかし、過ちは正さなければなりません」

「冤罪というのは、警察や検察にとって最も不名誉なことだ。それを覚悟の上で、捜査をやり直すというのだな？」

「リシン事件の犯人を特定するためにも、やるべきだと思います」

「その犯人が、宮間事件の関係者だと決まったわけではない」

「その可能性があれば、調べなくてはなりません」

野村署長は、考え込んだ。安積は、彼が何か言うのを待つことにした。

長い沈黙の後に、野村署長が言った。

「しょうがないな。やめろと言ってもやるんだろうな」

「警察の名誉がかかっていると思います」

「警察の名誉か。そう言われたら、やるなとは言えない。だが、あくまでもリシン事件の犯人を特定するのが最優先だ」

「心得ています」

「池谷管理官とはうまくやってくれ」

「もちろんです」

野村署長がうなずいた。安積は、礼をして署長室を出た。


管理官室に戻ると、黒木が捜査一課のベテラン捜査員に怒鳴られていた。安積は、何事かと、戸口で立ち尽くした。

ベテラン捜査員の声が聞こえてくる。

「所轄のぬるま湯に浸かっているうちに、すっかりふやけちまったんだろう。そんなやつは使いものにならん」

何が起きているのかわからないが、その一言は聞き捨てならなかった。

「あなただって所轄にいたことがあるでしょう。それなのに、ぬるま湯だと言うわけですか?」

安積がそう言うと、その場にいた人々が一斉に注目した。その中には、池谷管理官や佐治係長も含まれていた。

ベテラン管理官が、矛先を黒木から安積に転じた。

「あんたが甘やかしているんだろう。たるんでるんだよ」

「何があったんですか？」

「朝の聞き込みは、午前七時からと決まっていた。なのに、こいつが来たのは、七時半だ。寝坊したんだよ。まったく、たるんでいるとしか言いようがないだろう」

黒木が寝坊をして、仕事に遅れた……。

彼の性格からして、考えられないことだった。黒木は、人一倍そういうことに几帳面《きちょうめん》だ。待ち合わせの時間の五分前には必ずやってきている。三十分も遅れるなどあり得ない。

安積は、黒木の顔を見た。

眼が赤く、顔色が冴えない。明らかに寝不足の様子だ。

考えられることは一つ。須田の容体が心配で、病院に詰めていたのだろう。

安積は言った。

「仕事に遅れたことについては、申し開きはできません。しかし、所轄がぬるま湯だとか、たるんでいるとかという言葉は聞き捨てなりません。撤回していただきたい」

ベテラン捜査員は、怒りを募らせた様子だ。

「ふざけるな。何が撤回だ。ぬるま湯だからぬるま湯だと言ったんだ。臨海署はぬるま湯だよ。だから、仕事にも遅れるし、犯人にリシンを撃ち込まれたりするんだ。せっかく犯人と接触しているのに、手がかりすらつかめなかった」

いけない。

安積は、思った。これ以上、この捜査員に須田のことを言わせておいたら、黒木がきれる。

黒木に自制するように言おうとした。だが、一瞬遅かった。

黒木は顔を上げると、右の拳《こぶし》を一閃《いっせん》させた。ベテラン捜査員は吹っ飛んだ。

管理官室の中は、一瞬凍り付いた。

その場にいたほとんどの人間は、何が起きたのかわからないような顔をしていた。

「てめえ、何しやがる」

殴られた捜査員が吠える。

黒木は、さらにそのベテラン捜査員に近づき、もう一発殴った。顔を見ると、表情は静かだ。まるで何も考えていないように無表情だった。黒木が本当にきれるとこうなる。

滅多なことでは怒りを見せない。だが、こうなった黒木は決して引かない。

二発目が相手の顔面を捉えたところで、周囲の人間が一斉に動いた。黒木を取り押さえようとした。黒木は、それでも無表情のままベテラン捜査員に詰め寄ろうとしている。

佐治係長が安積に言った。

「仕事に遅れた上に、暴力沙汰だ。ただじゃ済まんぞ」

安積は言った。

「黒木は、俺の代わりに殴ってくれたんですよ」

佐治係長が顔色を変える。

「何だと……?」

「そこにいる捜査員は言い過ぎました。リシンを撃ち込まれて病院で苦しんでいる須田に対して言うことじゃありませんでした。黒木は昨夜、須田のことが心配で、ずっと病院に詰めていたはずです」

「そんなことは誰も命じていないし、仕事に遅れた言い訳にもならない」

「もちろんです。しかし、彼は明らかに言い過ぎた。黒木が殴っていなかったら、私が殴っていたかもしれません」

佐治が安積を睨みつけた。安積も見返していた。

「もういい」

池谷管理官が言った。

さて、池谷管理官は、この場をどう収めるつもりかな……。

安積は、佐治の眼を見据えたまま、意外と冷静に、そんなことを考えていた。

## 17

佐治との睨《にら》み合いは、半分以上はポーズだった。ここで、引いたら黒木の立場がなくなる。安積は、そう考えていただけのことだ。

池谷管理官がさらに言った。

「ここでいがみ合っている場合じゃないだろう」

たしかにそのとおりだ。捜査員の多くは、外で聞き込みを続けている。管理官室にいる捜査員はごくわずかだ。

村雨や水野、桜井の姿もない。

捜査員たちが一所懸命に働いているのに、係長二人が対立しているというのは、どう考えても愚かしい。ここは、どちらかが歩み寄るべきだ。

だが、それは自分ではないと、安積は思っていた。

先に眼《め》をそらしたのは、佐治のほうだった。彼は、池谷管理官を見て言った。

「こんなことは言いたくはありませんが、安積班の態度は、極めて問題です」

安積は尋ねた。

「我々の何が問題だと言うんだ?」

佐治は、安積に、ではなく、池谷管理官に言った。

「全捜査員が、一丸となって被疑者の割り出しに尽力しなければならないときに、安積班はこそこそと、過去の事件を洗い直しているのです」

別にこそこそとやっているつもりはない。

安積は、そう言おうとしたが、どうせ言い返されるか、無視されるだろうと思い、黙っていた。

「係員が被害にあったのは、たしかに不幸な出来事ですが、考えようによっては、重大なミスでもあります。犯人と接触していながら、気づかなかったということですから。もっと注意していれば、犯人の人着《にんちゃく》がわかったかもしれないんです」

池谷管理官は、顔をしかめた。

「その点については、須田だけを責めることはできない。君の部下もいっしょだったんだ」

佐治は、ひるむことなく言った。

「そして、係員の一人は聞き込みの予定時刻に三十分も遅刻した挙げ句に、それを叱責《しっせき》した先輩刑事を殴ったのです。二発も、です」

池谷管理官は、うなずいた。

「その点については、弁解のしようがないな。黒木には処分を下す必要がある。追って連絡するから、それまで待機寮で謹慎していろ」

須田が入院、そして黒木が謹慎。安積班は、大きく戦力ダウンすることになる。だが、謹慎は仕方がないだろう。

相手の言ったことに問題があったとしても、暴力はいけない。最悪の場合、傷害罪で訴えられることになる。それは、相手の出方次第だ。

佐治がさらに言った。

「係員が二人も抜けたことですし、これ以上安積班にこの事案を担当してもらうのは無理だと思います」

安積は、再び佐治の顔を見つめていた。佐治は、安積のほうを見なかった。

池谷管理官が尋ねた。

「どうしようというんだ？」

「臨海署には、もう一つ強行犯係があります。そちらと交代してもらいたいと思います」

佐治と相楽は、かつて捜査一課で同じ係にいた仲だ。気心も知れているだろう。佐治としては相楽と組むほうがやりやすいに違いない。

だが、それを黙って認めるわけにはいかなかった。こんな申し入れは前代未聞だ。

安積は池谷管理官に言った。

「途中で事案を放《ほう》り出すわけにはいきません」

佐治が言う。

「余計なことをするなと言われたにもかかわらず、安積班はいまだに宮間事件を洗い直そうとしているんです。これを看過するわけにはいかないと思います」

まさか、捜査の途中で、担当の係を代えろなどと、佐治が言い出すとは思ってもいなかった。

たしかに、黒木が手を出したのはまずかった。だが、池谷管理官が佐治の意見を受け入れるはずはないと、安積は予想していた。

池谷管理官は、しばらく考え込んでいた。安積は、彼の言葉を待つことにした。今は、何を言っても言い訳になってしまう。

やがて、管理官が言った。

「佐治君が言うこともっともだ。黒木は謹慎。強行犯第一係は、第二係と交代してもらおう」

安積は、驚いて池谷管理官を見た。管理官の表情は厳しかった。ここで逆らったところで、決定が覆ることはないだろう。

「わかりました。相楽班と交代します」

安積は、そう言うしかなかった。

佐治が言った。

「……ということだ。すぐにここから出て行ってもらおう」

安積は、佐治のほうを見ないようにして、黒木に言った。

「行くぞ」

二人は、管理官室を出た。

取りあえず、強行犯第一係の席に戻るしかないと安積は思った。その途中、黒木が言った。

「すいませんでした」

安積は、しばらく間を置いてからこたえた。

「謝るくらいなら、あんなことをするな」

「はい」

「須田のところに行っていたのか？」

「はい」

「張り付いていたところで、よくなるわけでもないだろう」

「それでも、付いているべきだと思いました」

黒木らしい言い分だ。

「それで、須田の容体はどうなんだ？」

「明け方に峠《とうげ》を越えたようです」

峠を越えたというのは、ずいぶんと古風な言い方だと、安積は思った。

「快方に向かったということか？」

「熱が下がりはじめました。医者が言うには、吸収されたリシンの量が少なかったのだそうです。おそらくもうだいじょうぶだろうと……」

「それを聞いて、安心した。他のみんなにも伝えよう」

「はい」

安積は、言葉どおり、心底ほっとしていた。処置が早かったのでだいじょうぶだとは思っていた。だが、万が一ということもある。

「管理官に言われたとおり、寮で謹慎していろ」

「すいません」

黒木はもう一度謝り、頭を下げると、寮に向かった。

席に戻った安積は、すぐに榊原課長に呼ばれた。課長室に行くと、相楽がいた。安積は、彼の横に並んだ。

榊原課長は、胃でも痛んでいるような顔をしている。実際に痛んでいるかもしれないと、安積は思った。

「黒木が謹慎を食らったって？」

課長に尋ねられて、安積はこたえた。

「はい」

「捜査一課のベテランを殴ったそうだな」

「はい」

横で相楽が小さくかぶりを振るのがわかった。あきれているのだろう。

「いったい、どういうことなんだ」

「相手が言い過ぎたんです」

「何を言ったか知らんが、暴力はいかんだろう。言い訳はできんぞ」

「わかっています」

「黒木の件だけじゃない。安積班は、何か過去の事案をほじくり返そうとしていると、池谷管理官が言っていた」

「宮間事件です」

「宮間事件……？　テレビ局の報道記者の傷害致死事件だな？」

「そうです」

「どうしてそんな事件を調べているんだ？」

「池谷管理官の指示です。毒物事件の犯人が、臨海署だけにメールを送りつけてきました。署に怨《うら》みを抱いている人物の可能性があるので、過去に扱った事案を調べるように言われました。その結果、宮間事件が浮上したのです」

「池谷管理官は、そういう言い方をしなかった。深入りしないように釘《くぎ》を刺したが、君はそれを無視して調べを進めていると言っていた」

「その話をしたとき、捜査一課の佐治係長はそばにいましたか？」

榊原課長は、怪訝《けげん》な顔をした。

「佐治係長？　池谷管理官の隣にいたが……。なぜそんなことを訊《き》く？」

「おそらく、池谷管理官は、佐治係長を気に懸けていたのだと思います。佐治係長が、安積班と相楽班を入れ替えるように、強硬に具申しましたので……」

「どうして管理官が係長の顔色をうかがう必要があるんだ」

安積がこたえようとすると、相楽が言った。

「きっと、池谷管理官は、面倒臭かったのでしょう」

榊原課長は、相楽の顔を見て尋ねた。

「面倒臭い？　どういうことだ？」

「佐治係長は、言い出したら聞かない人です。プライドも高いし、思い込みも激しい。彼を説得したり、なだめたりするのは、なかなか手間がかかるんです」

「だからといって、気を使う必要はないだろう。管理官は上司なんだ」

相楽は苦笑した。

「自分が管理官なら、佐治係長と衝突しない方法を選びますね」

安積は、その言葉を補足するように言った。

「池谷管理官は、なかなかの策略家です。佐治係長を味方につけて、思い通りに動かすために、私を悪者にするくらいのことは平気でするでしょう」

榊原課長は、不機嫌そうな表情のまま言った。

「管理官の要請を、突っぱねようと思ったが、そうしているうちにも、次の犠牲者が出るかもしれない。捜査が最優先だ。安積班と相楽班を入れ替えて、捜査が進むというのなら、受け入れるしかない」

相楽が言った。

「ご期待にこたえてご覧に入れます」

榊原課長が溜《た》め息《いき》をついてから言った。

「では、相楽班はすぐに管理官室に行ってくれ」

「了解しました」

相楽が課長室を出て行った。

自分にも、もう用はないだろうと思い、安積も部屋を出ようとした。榊原課長が安積を呼び止めた。

「何でしょう?」

安積は、戸口で立ち止まり、言った。

「署長が呼んでいる」

「私を、ですか?」

「そうだ」

おそらく、黒木の件を叱責されるのだろうと、安積は思った。

「わかりました。すぐに向かいます」

安積は、課長室を出ると、まっすぐに署長室に向かった。叱《しか》られるために上司のところに向かうのは、何とも気が重いものだ。しかも、相手は警察署のトップだ。

安積は、署長室の前で立ち止まった。副署長が、それに気づいて声をかけてきた。

「安積君。署長に用か?」

その声に、安積だけでなく、近くにいた記者たちが顔を向けた。

記者の一人が近づいてきて、安積に言った。

「捜査一課が詰めている部屋に、相楽班が呼ばれたそうですね?」

安積は白を切ることにした。

「そうなのか?」

「今までは、安積係長の班が詰めていたんでしょう? どういうことなんです?」

「さあな。俺にはわからない。人手が足りないと判断して、人員を増強したんじゃないのか?」

「誰の判断です?」

「知らんよ」

安積は、副署長に目礼して、署長室のドアをノックした。

「どうぞ」

入室をうながす野村署長の声が聞こえる。

「失礼します」

安積は、ドアを開けて署長室に入った。野村署長は、書類に判を押しつづけている。安積は、その机の前で気をつけをしていた。

そのまましばらく待たされた。明らかに機嫌が悪い。

署長は、判を置くと顔を上げて言った。

「黒木が謹慎を食らったって?」

「はい」

「何があった?」

「決められた時刻に三十分も遅刻したとのことで、組んでいる捜査一課の係員が黒木を叱責しました」

「三十分も仕事に遅れたのか？　そいつは弁解の余地がないな」

「そのときに、その係員は、かなり言い過ぎたのです」

「いくら言い過ぎだったとはいえ、手を出したほうが悪いということくらい、黒木にだってわかるはずだ」

「相手は、臨海署をぬるま湯だと言いました。ぬるま湯で甘やかされているから、時間に遅れたり、リシンを撃ち込まれたりするのだ、と……」

「それは、須田のことだな？」

「そうです」

「それで、黒木がきれたと……」

「はい」

「君は、その場にいたんだな？」

「いました」

「黒木を止めなかったのか？」

「止める間がありませんでした」

野村署長は言葉を切って、しばらく何事か考えていた。

「黒木は、何でも速いからな。足も速けりゃ、手も早い」

安積は、何も言わなかった。野村署長がさらに言った。

「相楽班と交代させられたんだってな？」

「はい」

「須田は入院、黒木は謹慎……。まあ、しょうがないか……」

「申し訳ありません」

「なぜ謝る?」

「私の監督責任です」

「監督責任か……」

「はい」

「それは、黒木が君の影響を受けているということか?」

その質問にどうこたえるべきか、しばらく考えなければならなかった。

「そうかもしれません」

「君は大人になりきれていないと言う連中もいる」

「そういう面もあると思います」

「黒木が、その君の影響を受けていると……」

「それは否定できないかもしれません」

「ほう。否定しないんだな」

そのことを批判されても、否定はできない。たしかに、黒木は安積のやり方をつぶさに見ており、それを真似《まね》しようとしているかもしれないのだ。

「はい」

「それはよかった」

「は……?」

一瞬、何を言われたのかわからなかった。

それはよかった……。皮肉だろうか。

安積は、野村署長の次の言葉を待った。

「黒木が君の影響を受けるのは、いいことだと言ったんだ」

「はあ……」

「大人になりきれないんだな?」

「ええと、それは……」

「ならば、そのまま真っ直ぐでいればいい。黒木は、君が内面に秘めている熱い思いを受け継ごうとしているのだろう。いや、黒木だけじゃなくて、安積班の部下たちはみんなそうだ」

あからさまに、こんなことを言われると戸惑ってしまう。安積は、何を言っていいかわからず、黙っていた。

野村署長が安積に尋ねた。

「黒木はどこにいる?」

「寮にいるはずです」

「すぐに呼び戻して仕事をさせろ」

「謹慎中ですが……」

「誰が謹慎だと決めたんだ?」

「池谷管理官です」

「安積班はもう彼の指揮下にはないのだろう」

「それは、そうですが……」

「ならば、もう黒木も池谷管理官の指示に従うことはない。私の署で、うちの署員に謹慎を食らわすとは、池谷もいい度胸だ」

安積はその言葉に驚いた。

「管理官は、正式な処分を下すまで謹慎するようにと言っていましたが……」

「管理官ごときに、処分を下す権限などない。うちの署員のことは、私が決める」

「本当に、黒木を職務に復帰させてよろしいのですね?」

「当たり前だ」

「ありがとうございます」

「捜査一課のやつは、うちがぬるま湯だと言ったんだな?」

「はい」

「これは、本人には伝えてはならないがな……」

「は……?」

「俺は、黒木を褒めてやりたい気分だよ」

この人が署長で、本当によかった。安積は、そう思った。

安積は、深々と礼をした。

頭を上げると、野村署長が判を手にするのが見えた。話は終わりだということだろう。

安積が退出しようとすると、野村署長が言った。

「やりやすくなったじゃないか」

安積は尋ねた。

「やりやすくなった……？　何のことでしょう」

「宮間事件だよ。管理官や佐治係長に邪魔されることもなくなった」

安積は、再び礼をして、署長室をあとにした。

# 18

黒木が、不安気な顔で強行犯係にやってきた。

「自分は、謹慎していなくていいんですか？」

「野村署長が、その必要はないと言ってくれた」

「でも、いずれ処分があるんですよね？」

「池谷管理官に処分を下す権限はないと、署長は言っていた」

黒木は、ほっとした顔になった。

「だがな」

安積は言った。「手を出すのはいけない」

「はい。反省しています」

「抗議をするにもやり方がある。手を出した瞬間に、悪者にされてしまうんだ。それでは抗議の意味がない」

「おっしゃるとおりだと思います」

黒木は頭のいい男だ。これ以上言わなくても、充分にわかっているはずだ。安積はそう思った。

「村雨、水野、桜井の三人に連絡してくれ。すぐに署に戻ってくれ、と」

「了解しました」

黒木は、すぐに携帯電話を取り出した。

彼が電話をかけている最中に、村雨から安積の携帯電話にかかってきた。

「はい、安積」

「今、黒木から電話があったんですが……。聞き込みを中止して、すぐに戻れということですか？」

「そうだ」

「戻る先は、管理官室ではなく、強行犯係だということですが……」

「俺と黒木は、そこで待っている」

「捜査一課の係員と組んでいるんですが……」

「放っておいていい」

「どういうことです？」

「俺たちは、リシン事件の捜査から外された。代わりに相楽班が担当する」

「外された……」

「詳しい経緯は、みんなが戻ったときに話す」

「わかりました。すぐに戻ります」

安積は電話を切った。

最初に戻って来たのは、やはり村雨だった。それから、五分後に桜井がやってきた。

最後が水野だった。

須田を除く全員が集まったところで、村雨が安積に尋ねた。

「我々が捜査から外されたというのは、どういうことですか?」

「佐治係長が、池谷管理官に具申した。俺たちを外して、代わりに相楽班を呼ぶように、と……」

「かつて、捜査一課でいっしょに仕事をしていた相楽のほうがやりやすいということでしょうか」

「そういうことだと思う」

「それにしても、所轄の担当を代えろなんて申し入れは、聞いたことがありませんね」

「俺だって初耳だ。理由は二つある。一つは、黒木がきれたことだ」

「黒木がきれた」

安積は、できるだけ偏りがないように気をつけながら、そのときの経緯を説明した。

話を聞いて、水野が声を上げた。

「黒木君、相手を殴っちゃったの?」

黒木は下を向いたまま、何も言わない。

安積は言った。

「そのことについては、本人も反省している」

村雨が質問した。

「理由が二つあると言われましたね。もう一つの理由は何です?」

「俺たちが、宮間事件を洗い直していることだ」

「でも、それは管理官の指示で始めたことでしょう?」

「どうやら、やり過ぎだということらしい」

「捜査にやり過ぎということはないでしょう」

「管理官としては、過去の事案は、リシン事件の犯人を割り出すための参考程度と考えていたのだろう。まさか、俺たちが本格的に事件を洗い直すとは思っていなかったんだ」

「それで、我々は通常の仕事に戻るわけですか?」

「野村署長に言われた。やりやすくなった、と……」

「何が、ですか?」

「宮間事件の洗い直しだ。今後は誰にはばかることもなく捜査ができる。時間の制限もない」

桜井が言った。

「じゃあ、もう早朝から駅で聞き込みをやらなくていいんですね」

村雨が桜井に言った。

「もっと辛《つら》い思いをすることになるかもしれない。宮間事件の洗い直しは急務だ。リシン事件の犯人の割り出しのために始めたのだということを、忘れちゃいけない」

安積は言った。

「村雨の言うとおりだ。これ以上の犯行を許してはいけない。一刻も早く、犯人を割り出す必要がある。俺は宮間事件を洗い直すことで、犯人も浮上してくると思っている」

水野が言う。

「でも、犯人割り出しは管理官室の仕事なんじゃないですか？　余計なことをするなと言われませんか？」

「管理官室では、あくまで防犯カメラの解析と、聞き込みで、犯人を割り出すという方針だ。その邪魔をしなければいい」

水野はうなずいた。

「わかりました」

村雨が安積に言った。

「宮間事件についての疑問点は、現在のところ三つ。一つは、被害者・喜田川琢治の死因。急性硬膜外血腫《けつしゅ》で死亡したのだが、素手で揉《も》み合っていてそういうことが起きるかどうかという疑問ですね。二つ目は、金の流れについての不審な点です。喜田川のところから坂東連合に金が流れていたわけですが、その受け皿となったのが保利沢組です。その幹部が金の一部を着服していたという噂《うわさ》がありました。そして、三つ目は、宮間を担当し、再審請求をしていた弁護士が急死したことですね」

さすがに村雨だ。すでに捜査のポイントが整理されている。

安積は言った。

「村雨と桜井は、保利沢組幹部の着服の噂について調べてくれ。水野と黒木は、弁護士の滝井の件だ」

村雨がこたえた。

「了解しました。すぐにかかります」

四人は席に戻り、仕事にかかった。安積は、村雨に言った。

「ちょっと出かけてくる」

「わかりました」

安積は署を出ると、須田が入院している病院に向かった。


須田はすでに一般病棟に移っていた。その部屋を訪ねると、彼は服を着ている最中だった。

安積は驚いて須田に言った。

「何をしているんだ」

須田は、まるで悪戯《いたずら》をしているところを見つけられた子供のように目を丸くして言った。

「あ、係長……。どうしたんですか?」

「どうした、じゃない。様子を見に来たんだ。いったい、何をしようというんだ?」

「熱が下がったら、もう心配ないって医者が言うんで、捜査に戻ろうと……。俺すっかり、みんなに迷惑をかけたじゃないですか」

「もう心配ないっていうのは、順調に回復に向かうという意味だ。すでに回復したということじゃない」

「でも俺、だいじょうぶですよ。本当に熱が下がったら、気分もよくなりましたし……」

「須田、頼むからベッドに戻ってくれ。今無理をしてもろくなことはない」

「一刻も早く、捜査に戻りたいんです」

「せめてもう一晩、様子を見てくれ」

須田は、ネクタイを手にしたまま、しばらくたたずんでいた。やがて、彼は諦《あきら》めたような、安心したような、不思議な表情を浮かべて、ベッドに腰かけた。

安積は言った。

「横になるんだ」

「え……？　だいじょうぶですよ」

「いいから、横になって休め。命令だぞ」

「わかりました」

須田は、ズボンとワイシャツ姿のままベッドに横たわった。

安積は言った。

「俺たち第一係は、池谷管理官の指揮下から外れた」

須田が怪訝な顔をする。

「それは、どういうことですか？」

「いろいろあってな……。第二係が担当することになった」

「俺のせいですか？」

「そうじゃない。おそらく、佐治係長は、最初から相楽と組みたがっていたんだと思う」

「それにしても、担当の係を入れ替えるなんて……」

「黒木が捜査一課の係員を殴ったんだ」

須田が再び目を丸くした。

「なんでまた……」

「相手が言ったことが、黒木の逆鱗《げきりん》に触れたんだ」

「いったい何を言ったんです?」

自分のことだとわかったら、須田はまた落ち込むだろう。

「それは、済んだことだ。気にするな」

「済んだこと……? 黒木はどうなったんです?」

「池谷管理官が処分を考えたが、野村署長がおとがめなしにした」

「へえ……」

須田は、驚いた顔のままだった。「傷害罪で訴えられてもおかしくないのに、おとがめなしですか……」

勘のいい須田のことだから、だいたいの事情を察したに違いない。

警察は、法的に厳しい反面、肉体的なぶつかり合いにやや寛容な一面がある。警察官のほとんどが武道の経験者であり、あまりほめられたことではないが、先輩が後輩に対して手を上げることもある。

兇悪《きょうあく》でしたたかな犯罪者に対しては、やむを得ず肉体的な実力行使が必要なこともある。言葉の印象は悪いが、警察も社会学用語で言う「暴力装置」であることは確かなのだ。

「それで、俺たちは、管理官室での仕事から解放されたので、宮間事件に専念することにした」

安積は、村雨が整理した三つの疑問点について、須田に説明した。須田は、滑稽《こっけい》なほど神妙な顔つきで話を聞いていた。

安積の説明を聞き終わると、須田が言った。

「今さら死因に疑問があるだなんて……。どうして捜査段階や、裁判でそのことが取り上げられなかったんでしょう」

「検察官の方針だろうと思う。都合のいい証拠や証言を選び、都合の悪いものはなるべく隠す。よほど弁護士が優秀でなければ、起訴事実をひっくり返すことはできない」

須田は、なぜか傷ついたような顔になった。

「そうですね。刑事裁判の有罪率は、九十九パーセント以上ですからね……」

「もし、本人が主張しつづけているように宮間が無罪なら、彼の罪を晴らさなければならないと思う」

「つまり、俺たちの捜査が間違っていたと、自分で認める、ということですよね」

「それが、司法の自浄作用になると思う」

「リシンの件は、捜査一課と相楽班に任せておけばいいということですか？」

「確証はないんだが、俺は宮間事件がリシン事件と関係していると思っている。防犯カメラの映像を解析することや、聞き込みも重要だが、宮間事件を洗い直すことが、犯人特定への近道のような気がしている」

「リシン事件も放り出したりはしないということですね？」

「おまえがやられたんだ。犯人を放って置くわけにはいかない」

須田が照れたような笑いを浮かべた。

「わかりました。俺は何をやればいいんですか？」

「俺といっしょに、喜田川の死因の件を洗う。ただし、明日からだ。おまえは、もう一日病院で休むんだ」

「はい、言われたとおりにします」

安積は、病室を出た。

須田が、思ったよりずっと元気そうだったので安心した。毒物が分解して体外に排出されると、たいていはこのようにけろりと回復するという。

だが、油断は禁物だ。須田にはまだ無理はさせられない。明日復帰させるというのも、実は無理なのかもしれないが、本人はじっとしていないだろう。


病院の一階まで来ると、東報新聞の山口に声をかけられた。

安積は立ち止まった。

「こんなところで取材しているのか？」

「安積係長にお話があって来たのです」

「何の話だ?」

「朝刊の記事の件です」

「捜査員が病院に運ばれたという記事のことだな?」

「はい」

「また東報新聞が抜いた。他社は悔しがっているだろう」

「前回も今朝の記事も、私が書いたわけじゃありません」

「君が書いたかどうかは、問題じゃない。東報新聞が二度も抜いたことが問題なんだ。そして、君は東報新聞の社員だ」

「わかっています。ですから、事情を説明しようと思いまして……」

安積は、ふと考えた。すでに池谷管理官の指揮下を離れた。どこから洩《も》れたのか探れという指示は、もう無効なのではないかと……。

一方で、安積自身が知りたいという気持ちもあった。

「事情を説明するということは、記事の情報源についても話してくれるということか?」

山口は戸惑った。

「それについては、私からは何とも言えません」

安積は、眉《まゆ》をひそめた。

「君からは言えない? それはどういうことだ?」

「記事を書いた記者を紹介しようと思います」

山口が振り向いた。その視線の先に、一人の男がいた。彼は、外来患者用の椅子《いす》に腰かけていたが、立ち上がると近づいてきた。

三十代後半か四十代前半に見える。

山口が紹介した。

「社会部の由良清一です」

安積は会釈した。

「名前は存じています」

「有名な安積係長にそう言ってもらえるのは光栄ですね」

近ごろの新聞記者は、みんな育ちがよさそうに見える。いい大学出のエリートを採用するからだろう。品がいいが、頼りなさそうな連中が多い。

だが、由良は違った。初対面の安積に対して、ふてぶてしい笑みを浮かべていた。

自分は何も恐れないとでも言いたげな態度だ。一癖も二癖もありそうな男だ。一昔前までは、こういう記者がけっこういたように思う。

安積は言った。

「一昨日と今朝の記事は、あなたが書いたということですか?」

由良は自信たっぷりにうなずいた。

「そう。俺が書きました」

「警察としては、当面伏せておきたいこともあります。だから、各社は様子を見ていた。そこにいる山口君もそうです。だが、あなたはそういう配慮を無視して記事にした……。他社の記者だけでなく、山口君も腹を立てていると思います」

由良は笑みを絶やさずに言った。

「捜査に対する配慮など、報道機関に必要のないものです。我々は人々の知る権利のことを第一に考えなければならない。警察が、一般市民に目隠しをするようなことを許すわけにはいかないのですよ」

たてまえを主張する相手はやりにくい。言っていることが正論だから反論しにくいのだ。知る権利は、マスコミの錦《にしき》の御旗《みはた》であり、免罪符だ。

その一言で、彼らは何をしても許されると思っている。

「世の中は、たてまえだけで成り立っているわけではありません。持ちつ持たれつという関係も大切だと、私は考えています」

「持ちつ持たれつですか……。だから、日本のマスコミは、骨抜きだと、海外の記者たちからばかにされるんです。番記者たちが現場で馴れ合うから、当局に対して厳しい追及ができなくなる。それでは、社会の木鐸《ぼくたく》としてのマスコミの役割を果たすことができません」

「あなたのような遊軍記者と番記者の仲が悪いことは知っています。立場の違いが原因なのでしょう。番記者には、番記者なりの立場があり、苦労もあるのです。それを無視して記事を書くのはどうかと思いますね」

「一般市民が毒殺の危機にさらされているのです。それを警察は隠そうとし、それにうすうす気づいていた番記者たちは、追及しようとしませんでした」

山口が言った。

「追及しようとしなかったわけじゃありません」

由良はあっさりと山口を無視して、続けて安積に言った。

「俺たちジャーナリストは、その危険について知らせる責任があります」

安積は言った。

「我々は、もっと実際的な責任を負っています。パニックなど、二次的な事件を未然に防ぐ必要があるのです」

「パニックなど起きると思いますか？　あるいは、パニックで死亡する人が出る確率と、また犯人が誰かに毒物を撃ち込む確率の、どちらが高いと思いますか？」

実を言うと、安積は毒物殺人であることを隠そうとする上層部の判断に不満を抱いていた。由良のような男は、そうした不満や疑問につけ込んでくる。

安積は、彼の議論にこれ以上付き合うつもりはなかった。

「臨海署から情報が洩れたとは思えない。どこから情報を得たんですか？」

「記者がニュースソースを明かすと思いますか？」

「明らかにしても、問題がない場合もあるでしょう。臨海署から洩れたのではないとすれば、警視庁本部の捜査一課から、でしょうか……」

「記者の信用と矜恃《きょうじ》の問題ですね。本来ならば、どんな小さな情報の出所も教えたくはありません。でもまあ、安積係長が、どうしても知りたいとおっしゃるなら、お教えしてもいい」

「どうしても知りたいですね」

警視庁本部捜査一課から洩れたとなれば、佐治に一矢報いることもできる。

由良は余裕をもった態度で言った。

「いいでしょう。お教えしますよ」

「どこから情報を得たのです？」

「犠牲者たちが搬送された病院ですよ」

「医者や看護師には守秘義務があるはずです」

「情報源が医者や看護師とは限らない。病院には多くの人が出入りしていて、噂も飛び交っています」

そうだったのか。

安積は思った。警察から洩れたのではなかったのだ。

「まさか、噂をもとに記事を書いたわけじゃないでしょうね」

「ちゃんと裏を取りましたよ」

「誰から裏を取ったのかが知りたいんですがね……」

由良は笑った。

「これ以上はお教えできませんね」

まあいい、と安積は思った。

情報の漏洩元《ろうえいもと》が臨海署ではなかったということがわかった。警察ですらなかった。それが判明しただけでも御の字だと思った。

いちおう、池谷管理官の耳に入れておくべきだろうなと、安積が思ったとき、由良が言った。

「ところで、宮間事件を洗い直しているそうですね」

安積は、思わず由良の顔を見ていた。

## 19

「捜査上の秘密です」

安積は、由良の眼《め》を見つめながら言った。「その質問にはこたえられません」

由良はさらに質問を続けた。

「毒物事件を捜査していた強行犯第一係が、同時に宮間事件を調べ直していた……。これはつまり、毒物事件の犯人に、宮間事件が関係しているということですね？」

「捜査情報については、一切おこたえできません」

「宮間事件は、すでに裁判で結論が出ており、宮間はすでに服役しているじゃないですか。それを、なぜ今さら調べ直す必要があるんですか？」

「質問にはこたえられないと言っているでしょう。特に、あなたには話すことはありません。もし、何か情報があったら、山口君に伝えます」

「うちの山口が、特にお気に入りだという噂《うわさ》もありますが……」

安積は、きっぱりと言った。

「山口君に伝えるのが、正規のルートだからです」

由良は、笑みを浮かべた。愛想笑いには見えない。嘲笑《ちょうしょう》でもない。安積は、相手の気持ちを量りかねていた。

「誤解しないでください。私は取材にやってきたわけではありません。もし、記事のことで、安積係長が気を悪くされているのなら、お詫《わ》びを申し上げてもいいと思ったのですよ。それで、山口に紹介を頼んだというわけです」

お詫びを申し上げてもいい、という言い方が、どう考えても高飛車だ。

「私が気を悪くするとかしないとかの問題ではありません。記事が捜査の妨げになる恐れがあるのです」

「知る権利については譲れません。あくまでも、不愉快な思いをさせたことについて謝りたいということです」

「それでは、謝罪の意味がない」

由良は笑みを絶やさない。

「お近づきの印と言ってはナンですが、宮間事件にご興味がおありのようなので、情報提供をしてもいいと思ったのです」

「情報提供?」

「山口とも話し合ったんですが、宮間の関係者を紹介できるかもしれません」

安積は、思わず眉《まゆ》をひそめた。

「どういうことです?」

「宮間が働いていたテレビ局は、わが社の系列です。当時のことを知っている人間もいるはずです」

そうだった。民放キー局は、必ず新聞社の系列になっている。

安積は言った。

「つとめていた局がわかっているのですから、わざわざ情報提供をいただかなくても、話を聞きに行けばいいだけのことです」

「マスコミは、警察に対して警戒心を抱きます。おそらく、テレビ局の連中は、なかなか素直に話をしようとはしませんよ」

「宮間事件の真実が明らかになるかもしれないんです。テレビ局だって協力してくれるでしょう」

由良は、ほくそえんだ。

「宮間事件のことは、捜査上の秘密だったんじゃないのですか？　うっかり口が滑りましたか」

「そういうわけではありません。どこまで話していいか、ちゃんと考えているつもりです」

「宮間事件は、過去のものです。テレビ局は関心を持たないと思いますよ」

もしまた、再審請求ということになれば、決して過去のものではなくなる。だが、今ここでそのことを話すわけにはいかないと、安積は思った。

「テレビ局が関心を持つかどうかは問題ではありません。こちらは、通常どおり捜査をするだけです」

由良は肩をすくめた。

「当時の宮間班のクルーの一人が、姿を消しているんです。気になりませんか？」

それは、間違いなく有力な情報だった。安積は言った。

「もちろん、気になりますね」

「その人物の名前をお教えしてもいい」

「必要ありませんね。誰かが姿を消している。その情報が最も重要なのです。名前は調べればすぐにわかります」

「そうでしょうね」

「つまり、あなたは、もっとも重要な情報を、すでに私に伝えてしまったということなんです」

由良はうなずいた。

「わかっています」

「あなたも、うっかりしゃべったわけではないということですね？」

「そう。言ったでしょう。お近づきの印ですよ。では、失礼します」

由良は、軽く頭を下げると、踵《きびす》を返して出入り口へ向かった。

「すいません」

山口友紀子が言った。「本当は、連れて来たくなかったのですが……」

「いや、ニュースソースが臨海署じゃなかったということがわかってよかった」

「言い訳をするつもりはありませんが、社としてはスクープを逃すわけにはいかないんです」

「それは、君の社の問題だ。捜査上、秘密にしておきたいことを、記事にされたら、我々は迷惑に思う」

「警察には秘密が多すぎるように思います。秘密にしなくてもいいようなことまで、秘密にしているような気がします」

「もしかすると、君の言うとおりかもしれない。だが、上が秘密にすると決めたら、我々はそれに逆らえない」

「それは、警察内部の問題でしょう」

安積は、苦笑した。

「由良はいつから宮間事件のことを調べていたんだろうな……」

「安積係長が、宮間事件について洗い直しているということを知ったのは、たぶん、昨日のことです。由良が調べはじめたのは、それからでしょう」

「昨日？　それから、誰かが姿を消したという情報を探り出したということだな……」

「そういうことになると思います」

「ずいぶん早いな……」

「おそらく、局内に親しい人がいるんだと思います」

「系列の局とは、付き合いがあるのか？」

「昔は出向人事などもあったそうですが、最近はほとんど聞きません。おそらく、由良の個人的な付き合いなのだと思います」

「由良は、俺に情報を伝えることで、恩を売ったつもりでいるだろうか」

「そうですね……。お詫びをしたい、なんて、本気で考えているとは思えません。恩を売ったというより、おそらく、確認を取ろうとしたのだと思います」

「確認を取る？　何の確認だ？」

「係長が、どの程度本気で宮間事件を洗い直しているかの確認です」

安積は、小さく溜《た》め息《いき》をついた。

「俺は、まんまとその策略に乗ってしまったわけだ。誰かが姿を消したという話に、食いついてしまったからな……」

「なぜ、宮間事件を洗い直しているんですか？」

その問いにこたえる義理はなかった。いつものように、「ノーコメント」と突っぱねればいい。

だが、安積は少しばかり迷っていた。当たり障りのない部分なら教えてもいいような気がした。

「事案を担当した当時は見えなかったことが、見えはじめたということだ」

「冤罪だったということですか？」

「わからない。だから調べてみようと思った」

山口が何か言おうとした。それを制して、安積は言った。

「これ以上は、訊《き》かないでくれ。何もこたえられない」

山口は、しばらく何事か考えていたが、やがてうなずいて言った。

「わかりました。今はここまでにしておきます。でも……」

「でも？」

「質問するのが、私の仕事なんです。またどこかでお話をうかがうことになると思います」

「刑事のようなことを言うんだな」

「私は事件記者です。立場こそ違いますが、事件を追っているということについては、刑事さんと同じだと思います」

「なるほど、敵対する必要はないということだな？」

「私はそう思っています」

安積がうなずくと、山口は礼をしてから去って行った。

安積は、その後ろ姿を見送りながら、携帯電話を取り出した。村雨を呼び出す。

「はい、村雨」

「保利沢組の着服についての調べは進んだか？」

「ええ。当時、そういう噂があったということを突きとめました」

さすがは村雨だ。

「優先的に調べてほしいことがある」

「何でしょう」

「宮間といっしょに働いていたクルーが、一人姿を消しているという」

これだけで、村雨には充分だった。

「わかりました。当たってみます。保利沢組については、桜井にやらせます」

「桜井一人でだいじょうぶか？」

「もちろんです」

自信に満ちた言葉だった。「自分が仕込んだのだから」と言いたいのだろう。

「じゃあ、頼んだぞ」

安積は、電話を切った。


昼食を済ませてから署に戻った。

玄関の近くで、速水に会った。

「今日は日勤か？」

「そうだ」

「それにしては暇そうだな」

「本当に忙しい者は、忙しそうには見えないもんだ」

「じゃあ、おまえは忙しいということか？　もし、時間があれば、話したいことがあるんだが……」

「なぜ、本当に忙しい者が、忙しそうに見えないかというと、時間のやり繰りがうまいからだ。それくらいの時間は作れる」

「じゃあ、ちょっと付き合え」

安積はエレベーターに向かった。普段は階段を使う。だが、今は記者たちが寄ってくる前に一階から姿を消したかった。

エレベーターまで追ってくる記者はいない。速水とともに屋上に出た。

速水が言った。

「また屋上か？　俺たちは高校生か？」

軽口に付き合う気はなかった。速水もそれを期待してはいないだろう。

「東報新聞の由良に会った」

「遊軍記者だな。それは俺の仕事じゃなかったか？」

「情報が洩れたのは、うちの署からじゃなかった」

「どこから洩れたんだ？」

「毒物事件の被害者が搬送された病院からだ」

「医者や看護師には、守秘義務があるだろう」

「病院にはいろいろな人が出入りしていると、由良は言っていた」

「どこで裏を取ったか訊いたか？」

「もちろんだ」

「それで……？」

「その質問にはこたえなかった。俺は、警察から洩れたんじゃないということがわかれば、それでいいと思った」

「おまえが、それでいいというのなら、俺は何も言わない」

「おまえに、調べてもらうことにしていたが、その必要がなくなった。それを、伝えておこうと思ってな」

「まあ、俺が出るまでもなかったということだな」

「交機隊の仕事に専念してくれ」

安積がその場から離れようとすると、速水が言った。

「捜査から追い出されたそうだな?」

安積は振り向いて、速水を見た。

「誰から聞いた」

「署内中で噂になってるぞ。おまえたちは、相楽班と交代させられたと……。どういうことなんだ?」

「いろいろあったんだ」

「いろいろ……?」

安積は、黒木の件や、宮間事件を洗い直そうとしたことが、佐治係長の逆鱗に触れたらしいことを話した。

「黒木が捜査一課のベテランを殴ったって?」

速水は声を上げて笑った。「そいつはいい。黒木をほめてやりたいな」

「野村署長も、まったく同じことを言っていた」

「野村署長が?」

「ああ。私の署で、うちの署員に謹慎を食らわすとは、池谷管理官もいい度胸だ。そう言って、すぐに黒木の謹慎を解いたんだ」

「あの署長は、今どき珍しいサムライだよ」

安積はうなずいた。

「おかげで、宮間事件に専念できる」

「俺のアドバイス通り、署長を巻き込んだのか？」

「話を通した。おそらく、署長も興味を持ったんだと思う」

「宮間事件を洗い直す気になったきっかけは、毒物事件だったな」

「今でも関連があると思っている。宮間事件を洗い直すことで、今回の毒物事件の犯人の手がかりが得られるはずだ」

速水がしげしげと安積を見た。安積は尋ねた。

「なんだ？　俺が何か妙なことを言ったか？」

「そうじゃない。ずいぶんと自信ありげだと思ってな。何かつかんだのか？」

「まだ、証拠があるわけじゃない。だが、犯人の尻尾《しっぽ》をつかんだような気がする」

「ほう……。何があったんだ？」

「由良が情報をくれた。宮間の部下か同僚かだと思うが、局から姿を消した者がいるらしい」

「いつのことだ？」

「詳しい話は聞いていない。これから捜査を始める」

速水はうなずいてから言った。

「須田は元気になったようだな」

「見舞いに行ったのか?」

「これから顔を出そうと思っている」

「さっき会いに行ったときは、捜査に戻ると言っていた。だが、もう一日休めと言っておいた。おまえからも、そう言っておいてくれ」

「心配するな。須田は、おまえの言いつけは必ず守るよ」

速水は、そう言うと歩き去った。


安積は、管理官室を訪ねた。

捜査員たちのほとんどは出かけていたが、なんだか室内の空気が張り詰めているように感じた。

池谷管理官のそばに、いつものように佐治係長がおり、さらにその近くに相楽がいた。

彼らの顔も緊張している。

安積が近づいていくと、佐治が何か言いたそうな顔で視線を飛ばしてきた。安積は、佐治が何か言う前に、池谷管理官に言った。

「東報新聞の情報源がわかりました。被害者たちが搬送された病院でした」

池谷管理官が、安積を見て言った。

「わざわざそれを知らせに来てくれたのか」

「つい先ほど、記事を書いた記者から話を聞けましたので……」

佐治が尋ねた。

「病院だって？　病院の誰が洩らしたんだ？」

「そこまでは聞いていません」

「それじゃ報告にならない」

「警察から洩れたわけじゃないということがわかれば、それでいいと思います」

「まあいい。今は、それどころじゃない」

佐治が安積から眼をそらした。

池谷管理官が言った。

「ごくろうだった」

もう用はないということだ。管理官室内の緊張感の理由を知りたかったが、自分はそれを管理官に尋ねられる立場ではないと、安積は思った。

「失礼します」

安積は、管理官室を出た。強行犯係に戻ろうとすると、後ろから呼び止められた。相楽だった。

安積は尋ねた。

「何だ？」

相楽は、一度ちらりと管理官室のほうを見てから言った。

「ＳＳＢＣから報告がありました。事件当日の朝、傘を持ってゆりかもめに乗っていた乗客が、九人、防犯カメラに映っていました。須田が被害にあった日時のビデオ映像に、その九人の中の誰かが映っていないか解析したそうです」

「ヒットしたのか？」

「しました。それほど鮮明ではないけれども、人着《にんちゃく》がわかりました。今その身元の洗い出しに捜査員が駆け回っているところです」

管理官室の緊張感の理由がわかった。被疑者の人着を手に入れたのだ。彼らも、着実に成果を上げているというわけだ。

安積は尋ねた。

「どうして、それを俺に教える気になったんだ？」

相楽は、少しばかり不機嫌になって言った。

「もともとは、安積さんたちが手がけていた事案です。経過が気になると思いましてね……」

もしかしたら、照れ臭いのかもしれないと、安積は思った。

「もちろん、気になるさ。それで、身元についての手がかりは何かあるのか？」

相楽は顔をしかめた。

「今のところ、人着だけです。捜査員たちが写真を持って情報をかき集めています」

「力業《ちからわざ》だな……」

「それが佐治係長のやり方なんです。それでも、けっこう成果が上がる。捜査員はへとへとになりますがね……」

安積は、課長室に呼ばれたときから、相楽の佐治についての言い方が、ちょっと気になっていた。

「佐治係長とは気心が知れているんだろう？」

相楽は、警戒心に満ちた眼を向けてきた。

「もちろんです。捜査一課で長いこといっしょでしたからね」

「だが、全面的に彼を認めているわけではなさそうだな」

相楽は、もう一度管理官室の出入り口のほうを見た。

「熱心な刑事なんです。ただ、付き合っていくのは、なかなかしんどい」

「佐治係長の下で苦労をしたということか？」

「ああいう人ですからね。そりゃ苦労しました。一課のベテランが、臨海署はぬるま湯だって言ったそうですね」

「言った」

「そいつは、ただの厭味《いやみ》じゃなくて、かなりの部分本音だと思います。佐治係長に、さんざん絞られていますからね」

「あんたの言い分もわからないではない。だが、ぬるま湯と言われたことは許せない」

「それは、自分も同じなんですよ」

「同じ……？」

「そう。今や自分も臨海署の一員なんですよ」

相楽は、そう言うとくるりと安積に背中を向けて、管理官室に戻って行った。

安積は、その背中を見つめていた。

# 20

強行犯第一係には、まだ誰も戻ってきていない。安積は、しばらく考えた後に、携帯電話から相楽にメールを送った。

防犯カメラで割り出された被疑者の写真を入手したかったのだ。それを頼むためのメールだった。

しばらく返事がなかったが、十分後に写真が送られてきた。たしかに、鮮明とは言い難い写真だ。だが、体型は、はっきりと写っている。

人相も、なんとか見てとれる。周囲の状況から身長も割り出せる。

この映像と画像を入手できたことは、たしかに大きな前進だろう。だからといって、佐治係長たちが犯人に肉迫しているかというと、そうでもない。

犯人の身柄確保がゴールだとしたら、中間地点までも達していないだろう。人着がわかっても、それが何者かまったくわかっていないからだ。

ゴールまでの距離を詰めようと、捜査員たちが必死で走り回っている。それについて批判するつもりは毛頭ない。彼らはできる限りのことをやっている。

自分もやるべきことを全力でやるだけだと、安積は思った。

携帯電話を内ポケットにしまい、席を離れると、安積は鑑識係に向かった。

「そりゃ、何度でも説明するよ」

安積の顔を見て、石倉が言った。「初動捜査のときに、ひっかかったのは確かだからな。ただ、今さら詳しく説明して、何になるんだ？　あんたが、宮間事件について調べているのは、あくまでも毒物事件の被疑者を割り出すためだったんだろう？」

「知ってるんですか？」

「何をだ？」

「俺たちは、リシン事件の捜査を外されたんです」

「聞いてるよ。噂になってるからな。だからもう、調べる必要はないんじゃないのか？」

「見直すべきだと思ったのです」

「見直す？　何を？」

「事件そのものをです」

石倉は、上目遣いに安積を見た。

「宮間は、今でも無罪を主張しているということだな？」

「そうらしいです」

「おまえさん、事件をひっくり返すつもりか？」

「場合によっては、そういうこともあり得ると思います」

「あの事案の捜査責任者は、誰だ？」

「正式な責任者は、署長とか刑事部長ということになるのでしょうが、現場の責任者は俺です」

「捜査一課の係長じゃないのか？」

「ホシ割れしていましたし、すぐに宮間の身柄が確保されましたので、捜査本部もできませんでした。一課はちょっと顔を出しただけです。実質的な責任は、俺にありました」

「なるほどな……。おまえさんは、そういうやつだよ」

「そういうやつ？」

「他のやつが責任者だったら、今さら事件をひっくり返そうなんて思わなかっただろう。そいつに気をつかっただろうしな。自分が責任者だったから、事件を見直そうなんて考えるわけだ。自分の過ちが許せないんだ」

「いや、そんなんじゃありません。本当のことを知りたいだけです」

「担当検事とかは、決していい顔をしないだろう」

「それはわかっています。でも、間違いの可能性があるなら、確かめなければなりません」

「おまえさんが頑固なのは、百も承知だよ。……で、何が訊きたい？」

「初動捜査でひっかかったと言いましたよね。そのことについて、詳しく訊きたいのです」

「はっきり覚えているよ。俺は、若い鑑識係員にこう尋ねたんだ。おい、ここが本当に現場なのか、ってね」

「どういうことです？」

「人一人が死ぬくらいの争い事があったわけだろう？　現場だって相当荒れているはずだ。俺はそう思って臨場したわけだ。だが、現場はきれいだった。想像していたよりずっとな。それが最初の違和感だった」

「現場がきれいだった？」

そうだったろうか。安積は、そのときのことを思い出そうとした。現場は、たしか喜田川の自宅の応接間だった。ソファがあり、テーブルがあった。

宮間と喜田川は、その応接セットよりも出入り口に近い場所で揉《も》み合っていたという。

「そう。現場には、棚がありゴルフのトロフィーなんかが並んでいた。テーブルの上には葉巻の入った箱や、ライターがあった。それらが、整然としたままだった」

「たしかに、そうでしたね」

「それでも、まあ、そういうこともあるかなと、俺は思った。何も部屋をひっくり返すほど暴れ回らなくても、人が死ぬときは死ぬ。当たり所が悪いと、一発で死んじまうこともある」

「たしかにそうです」

「でもな、死因を聞いたとき、一瞬、あり得ないと思ったね。加害者と被害者は、素手で揉み合っていたと、目撃者が証言したんだろう？　それなのに、急性硬膜外血腫だった点だ。それが第二の違和感だよ」

「でも、素手で争った場合でも、起こりえないわけではないのですよね？」

「可能性はある。だが、低い。急性硬膜外血腫は、頭を強く鈍器で殴られたような場合に起きる。あるいは、壁や床に強く頭を打ったような場合だ」

「その話を村雨にしたんですね？」

「ああ、した」

「でも、当時俺は、村雨からその話を聞いた記憶がないんです」

「村雨を責めるなよ。話しても意味がないと思ったんだろう。宮間はすぐに送検され、検察官は彼の犯行を疑わなかった」

「……というより、今考えると、検察官はマスコミの暴走という絵を、勝手に描いていたのかもしれません。そういうわかりやすい構図だと世間の話題にもなります」

「検察官だって、扱う事案が世間の注目を集めたほうがやり甲斐《がい》があるからな」

「俺も検察官の方針に、疑問を抱きませんでした」

「それで普通だと思うよ」

「普通ではいけないのだと思います。俺たちは、普通の人のように流されてはいけない」

「ふん。安積係長らしい言い方だな。だが、検察官が方針を決めたら、俺たちにはどうしようもない」

「それは確かですが……」

「宮間側は再審請求したんだってな。だが、結局だめだったんだろう？」

「担当の弁護士が亡くなったのです。請求が通らなかったのは、たぶんそのせいでしょう。やり直せば、再審が認められる可能性もあると思います」

「可能性はある。だが、極めて低い可能性だ」

「それでも、調べるだけ調べてみたいのです」

「しょうがねえな……」

石倉は言った。「裁判所を動かせるかどうかわからないが、おまえさんのために証拠をかき集めてみるよ」

「すみません。恩に着ます」

「ああ、俺はおまえさんに貸しを作ることだけが楽しみなんだ」

安積は石倉に頭を下げ、鑑識受付を離れた。そのとき、電話が振動した。村雨からだった。

「どうした?」

「テレビ局で話を聞きました。たしかに係長の言うとおり、宮間といっしょに働いていた者が、辞職して連絡が取れなくなっているということです」

「その人物の名は?」

「河井亮助《かわいりようすけ》。年齢は宮間の五歳下の、三十六歳です」

「局を辞めているんだな?」

「……というか、そのへんは複雑でして……。もともと局の社員ではなく、映像プロダクションの社員だったようです」

「詳しい話は、後で聞く。まだテレビ局にいるのか?」

「ええ。これから出るところです」

「SSBCが、ビデオ解析により、リシン事件の被疑者の人着を割り出した。これから、それを携帯に送る。テレビ局で、それが河井亮助と同一人物かどうか、確認を取ってくれ」

「了解しました」

「結果を連絡してくれ」

「すぐに連絡します」

安積は、電話を切り、強行犯第一係の席に向かった。


村雨から電話があったのは、午後三時過ぎのことだった。

「残念ながら、局内で確認は取れませんでしたね。写真が不鮮明で、本人かどうか断言できる者はいませんでした。もっと親しかった人に当たれば、わかるかもしれないということなんですが……」

防犯カメラの映像からキャプチャした画像だ。たしかに、人相はよくわからない。

テレビ局の人たちが言うように、よほど親しい人でないとわからないかもしれない。

「戻って来られるか？　話を聞きたい」

「今から、いったん戻ります」

「待ってる」

安積は電話を切った。

ＳＳＢＣが割り出した画像の人物が、姿を消している河井亮助だと判明すれば、それで決まりだと思っていた。だが、そう簡単にはいかない。

まだ、河井が犯人だと断定はできない。だが、何らかの事情を知っていることは明らかだ。

三時二十分頃、村雨が戻って来た。安積は尋ねた。

「河井亮助は、テレビ局の社員じゃないと言っていたが、どういうことだ?」

「テレビ局の報道記者は、新聞記者と違って単独で動くことはあまりなく、チームで動くことはご存じですよね?」

「ああ、知っている」

テレビ局の報道には映像が必要だ。だから、記者も撮影クルーといっしょに行動することが多い。

「その場合、いっしょなのがテレビ局の社員とは限りません。映像プロダクションなど外部のカメラマンとか技術者の場合がけっこうあるそうです」

「河井亮助もそうだったということだな?」

「はい。映像プロダクションに所属していたカメラマンで、契約社員として局で仕事をしていたそうです」

「姿を消したというのは、具体的にはどういうことだ?」

「突然、映像プロダクションを辞職しました。テレビ局にも姿を見せなくなりました。当時の報道局のスタッフが、河井と連絡を取ろうとしましたが、固定電話も携帯電話もつながらなくなっていたそうです。それが、二年前のことです」

「二年前……」

「そうです。滝井弁護士が亡くなったのが二年前。河井が姿を消したのは、その直後のことらしいです」

「無関係とは思えないな」

「私もそう思います」

「河井と宮間は、どういう間柄だったんだ？」

「河井が尊敬して慕っていたようです」

「河井は五歳下だということだったな？」

「そうです。事件当時、宮間は三十六歳、河井は三十一歳でした。河井は、宮間から報道の精神を学んだと、周囲の者に語っていたそうです。宮間は、取材に出るときは、必ず河井を連れて行ったそうです」

「報道の精神か……」

「はい。それまで自分はただのカメラマンだったが、宮間に会ってから報道カメラマンになれた……。河井はそう言っていたそうです」

「つまり、宮間のおかげで、ジャーナリストになれたということだな」

「本人は、そう言っていたようですね」

「人着の確認が取りたい。河井の顔写真を入手できるか？」

「すでに入手してあります。係長のパソコンに送ってあります」

さすがに村雨は、仕事が早い。安積は、パソコンを確認して、村雨からのメールを開いてみた。

履歴書か何かの証明写真だろう。生真面目《きまじめ》そうな表情の顔写真だった。安積は、携帯電話を取り出し、相楽から送られてきた画像とその顔写真を見比べてみた。

似ているような気もするが、同一人物だと断言はできなかった。

「河井の自宅は……？」

「勤めていた頃は、五反田のアパートで一人暮らしをしていたということです。そこもすでに引き払っています」

「その後、足取りがつかめないということだな？」

「親しかった友人にも、新しい連絡先を告げずに、いなくなったそうです」

「仕事を辞め、アパートを引き払うというのは、よほどのことだ。何か理由があったはずだ」

「そうでしょうね」

「姿を消した時期から考えて、宮間の再審請求と関係があると考えるべきだろうな」

安積が言うと、村雨は慎重な態度で言った。

「滝井弁護士が亡くなったことで、強く再審を求める者がいなくなり、結局裁判所は、それを認めなかった……。それを考えれば、係長の言うとおりでしょう」

「河井の写真を、全員に送っておいてくれ」

「了解しました」

「これから、おまえはどうする？」

「桜井と合流します。保利沢組の件に、早いところケリをつけて、河井を洗います」

「そうしてくれ」

村雨は、携帯電話から、河井の写真を係員たちに送り、その後出かけて行った。

村雨が姿を消した直後、須田から電話があった。

「どうした?」

「係長、村チョウが送って来た写真、誰なんです?」

村雨は、おそらくいつも使っている一斉メールで送信したのだろう。その中に須田のメールアドレスも入っていたということだ。

「宮間といっしょに働いていたカメラマンだ。河井亮助という。二年前から姿を消している」

「失踪ですか?」

「会社を辞めて、アパートを引き払った。携帯電話もつながらなくなったということだ」

「夜逃げじゃないですよね……」

「まあ、似たようなものだが、動機が夜逃げとは違うだろう。何かの目的があって、自ら姿を消したんだ」

「ええ、係長が言おうとしていることはわかりますよ。係長は、河井が今回のリシン事件を計画するために姿を消したんじゃないかと考えているわけでしょう?」

「おい、俺はそんなことを一言も言ってないぞ」

「あ、すいません。俺の早とちりでしたか……」

「でもまあ、正直に言うと、その可能性があるんじゃないかと考えてはいた」

「でも、犯行までに二年というのは、時間がかかりすぎるようにも思えます」

「いや、そうでもないだろう。もし、一人で計画して実行しようとしたら、それくらいの時間はかかるかもしれない」

「河井の情報、どうやって知ったんですか？」

「実は、東報新聞の由良という遊軍記者から聞いた」

「由良なら知っていますよ」

「どうやら、毒物殺人と、おまえが被害にあったことを抜いたのは、由良らしい」

「彼ならやりかねませんね」

「俺に挨拶を通したかったらしい。さっきおまえに会いに行ったとき、病院で会ったんだ。山口を介してな」

「挨拶を通す……」

「そうだ。俺が気を悪くしているのなら、詫びてもいいと言っていた」

「どういうつもりで、河井のことを、係長に教えたんでしょうね」

「お近づきの印、と彼は言った」

「そんなタマじゃないですよ。おそらく何か企んでいるはずです」

「俺もそう思う。おそらく由良は、テレビ局に張り付いている。こっちが河井について調べはじめたら、それをネタにまた抜こうとするだろう」

「実名じゃなくても、河井のことを記事にされたら、一大事ですよね」

「そんなことはさせない」

「やっぱり、俺、捜査に戻りましょうか?」

「いいから、明日まで寝ていてくれ」

「速水さんにもそう言われたんですけどね……」

「おまえには、できるだけいいコンディションで出て来てもらいたい。俺といっしょに河井を洗うために、歩き回ることになるだろうからな」

「わかりました。今日はおとなしくしています」

「そうしてくれ」

「明日は必ず戻ります」

「わかった」

安積は電話を切った。

明日は土曜日だ。須田はそれを承知で、「戻る」と言ったのだろう。土曜日も日曜日も仕事になりそうだ。

「おい、安積係長」

課長室の戸口から、榊原課長の声が聞こえてきた。安積は、すぐに立ち上がり、課長室に向かった。

「何でしょう?」

「池谷管理官が呼んでいるぞ」

「私をですか?」

「SSBCが防犯カメラの映像から割り出した被疑者の画像を、テレビ局で見せたやつがいるそうだな。捜査一課や相楽班の者じゃないということだ」

安積はこたえた。

「それは、おそらく村雨のことです」

「テレビ局の記者が、画像について捜査員に質問して、その事実が判明したそうだ。捜査を外された者が、どうして被疑者の画像を持っていて、それをマスコミに見せて歩いているんだ? 池谷管理官は、それを説明してもらいたいと言っている」

安積は、奥歯をぎゅっと嚙《か》みしめた。

「わかりました。すぐに会いに行きます」

課長は無言でうなずいた。

安積は、管理官室に向かった。

# 21

管理官室には、いつものように、池谷管理官と佐治係長がいた。佐治の隣には相楽がいる。あとは、連絡係や庶務係などの数人がいるだけで、室内はがらんとしている。

捜査員たちは、聞き込みで出払っているのだ。

安積は、戸口に立ち、池谷管理官に言った。

「お呼びでしょうか」

池谷管理官の眼差《まなざ》しは冷ややかだった。佐治係長は、怒りの表情を露《あら》わにしている。

「課長から話は聞いたと思う」

「はい」

「テレビ局で写真を職員に見せた捜査員に、心当たりはあるか？」

「あります。うちの村雨だと思います」

「安積班は、捜査から外れたはずだ。それなのに、写真を持ち歩いて聞き込みをしているというのは、どういうことだ？」

「もしかしたら、被疑者が特定できるかもしれないと思いまして……」

佐治が大声を出した。

「それが出過ぎた真似《まね》だということがわからんのか？」

安積は、つとめて冷静に佐治のほうを見た。

「もちろんわかっています」

「捜査の妨害だ。こっちは、テレビ局の聞き込みには神経をつかっている。マスコミに写真を見せたとたんに、それが犯人だという論調で報道されかねないんだ」

佐治は、嚙《か》みつかんばかりの勢いだ。

「テレビ局の関係者が、写真を入手することはないはずです。村雨は、そのへんは心得ているはずです」

「心得てるもクソもあるか。相手はテレビ局だぞ。写真を公表したも同然じゃないか」

「そんなことはないと思います。テレビだろうが新聞だろうが、警察が正式に発表していない写真を使用するはずがありません」

「いいから、引っ込んでろ。安積班は、全員謹慎だ。俺たちの邪魔はするな」

「邪魔をしているつもりはありません」

「俺たちが捜査で使っている写真を、テレビ局なんかで自慢げに見せて歩いたんだ。それが妨害でなくて何なんだ」

別に自慢げに見せて歩いたわけではない。だが、何と言おうと、佐治の怒りは収まらないだろう。ここはただ、黙って嵐《あらし》が通り過ぎるのを待つしかないかもしれないと、安積が思ったその時、池谷管理官が言った。

「事と次第によっては、佐治係長が言うとおり、安積班全体の処分を考えなければならない」

その口調は取り付く島がないくらいに冷たい。だが、少なくとも池谷管理官は、佐治ほど激高していない。

安積はこたえた。

「処分ということになれば、いたしかたありません」

「だいたい写真はどこから入手したんだ?」

ここで相楽の名前を出すわけにはいかない。

「善意で提供してくれた人物がいます。しかし、その名前を私の口から言うわけにはいきません」

「被疑者を特定できるかもしれないと言ったな? それはどういうことだ?」

「宮間事件を洗い直していて、事件当時、宮間のカメラクルーだった人物が消息を絶っていることがわかりました」

佐治があきれたように言った。

「まだそんなことを続けていたのか……」

安積は、佐治のことは気にせず、池谷管理官に向かって話を続けた。

「その人物が姿を消したのが、二年前。宮間事件を担当していた滝井弁護士が急死したのと時期が一致します」

池谷管理官の眼《め》の表情が変わった。冷ややかさは消え去り、思慮深い光が宿る。

「こちらの被疑者と、その人物が一致するのではないかと考えた。そういうことか?」

「可能性はおおいにあると思います」

「その人物の素性を教えてくれ」

「管理官」

佐治が驚いたように言った。「こんな話を真に受けるのですか？」

池谷管理官が佐治を見た。佐治は、さらに言った。

「犯人と接触していながら、入院しちまうやつがいたり、先輩刑事を殴るやつがいたり、挙げ句の果てに捜査妨害だ。安積班がやっていることはめちゃくちゃです。厳しい処分が必要です」

池谷管理官は、これまで佐治とは波風を立てまいとしてきたようだ。この場面でもそうするだろうと、安積は思った。だとしたら、安積を悪者にするのが一番簡単だ。宮間事件も、徐々に真相が見えてきている。この時期に、謹慎を食らったりするのはきつい。

安積がそう思い、黙っていると、池谷管理官が佐治に言った。

「入院している須田がいたから、数ある映像の中から被疑者を特定できたんじゃないのか」

佐治が、意外そうな顔で管理官を見た。何を言われたのか、理解できていないような表情だった。

池谷管理官がさらに言った。

「私は、面子《メンツ》や縄張り意識といったものより、合理的な判断を重視したい。だから今、安積係長からの報告を聞きたいのだ」

「しかし……」

佐治が異を唱えようとした。池谷管理官は、それを遮るように、安積に言った。

「あらためて尋ねる。その人物は何者だ？」

佐治同様に、安積も驚いていた。池谷管理官はやはり聞く耳を持った人だった。

安積はこたえた。

「氏名は、河井亮助。年齢は三十六歳です。映像プロダクション所属のカメラマンで、宮間のスタッフの一人として働いていました。テレビ局の契約社員という立場だったようです」

「二年前から消息を絶っていると言ったな？」

「はい。テレビ局にも顔を出さず、当時住んでいた五反田のアパートもすでに引き払っています」

「宮間事件を担当していた弁護士が亡くなった時期に、姿をくらましたのだな？」

「そうです」

「河井は、宮間の裁判や再審請求には関《かか》わっていたのか？」

「それはまだ確認しておりません。しかし、河井は宮間をずいぶんと尊敬していたようです。かつては、ただのカメラマンだったが、宮間に会ってから自分は報道カメラマンになれた。河井はそう言っていたそうです」

「もし、河井が、宮間は冤罪だと信じているとしたら……」

「それは犯行の動機になり得ると思います」

「それで、君はどうしたいんだ？　リシン事件の捜査に復帰したいのか？」

「いいえ。そういうわけではありません。私たちは、あくまで宮間事件を洗い直しているだけです」

「今さらどうにもなるものでもないだろう」

「それでも、事実を知りたいと思います」

「警察官は、趣味で捜査をすることなど許されない」

「真実を明らかにできないのなら警察官でいる意味はありません」

池谷管理官は、しばらく沈黙した。もう佐治は口を挟もうとしなかった。相楽も黙って、安積と池谷管理官のやり取りを見つめている。

やがて、池谷管理官が言った。

「河井の件はわかった。たしかに、鑑《かん》が濃いと思う。こちらでも調べるが、いいな?」

鑑が濃いというのは、強い関係性が感じられるということだ。

安積は言った。

「もちろんです。河井の顔写真がありますので、後でこちらのパソコンに送ります」

「わかった。情報の提供を感謝する。では、我々は我々のやり方でやらせてもらう」

我々のやり方というのは、つまり、佐治係長のやり方ということだろう。集中的に人員を投入、もっと露骨な言い方をすれば、捜査員たちをこき使って河井の行方を追うということだ。

「了解しました。そちらの捜査の邪魔はしません。ですが、自分らも河井が何を知っていたかを知る必要があります」

「こちらも、そっちの邪魔はしない」

佐治が言った。

「管理官、安積班に好き勝手やらせるおつもりですか？」

「気が済むまでやればいいと、私は思う。そんなことより、河井だ。写真の男と河井が同一人物かどうか確かめる。最優先だ。一方で、河井の足取りを追う。もし、犯人が河井なら、メールにも何か痕跡《こんせき》が残っているかもしれない。ＳＳＢＣにメールの再分析も依頼しろ」

佐治がこたえた。

「了解しました」

管理官室が活気づいた。話は終わったと思い、安積は管理官に礼をして部屋から退出しようとした。

そのとき、池谷管理官が言った。

「事件をひっくり返しても、誰も得をしないと言ったことがあるが……」

安積は振り向いて、池谷管理官の言葉の続きを待った。

「それでも、やらなければならないことがあるのかもしれない」

安積は、もう一度礼をして、管理官室を出た。

席に戻ると、安積は河井亮助の顔写真を、携帯電話から管理官室のパソコンに送った。

池谷管理官と佐治係長は、全力で河井を追うだろう。これで、安積班の手を離れたとも言える。

それで、別に不満はなかった。自分の手で河井を挙げようという欲もない。

ただ、河井がリシン事件の犯人かどうかを知りたかった。

動機はあるし、滝井弁護士の死の直後に、行方をくらましたというのも、事件との関連を強く物語っているように思える。

宮間事件が、リシン事件と関連しているという確証は何もなかった。いや、今でも傍証や証言すら得られていない。

にもかかわらず、安積には確固とした自信があった。リシン事件の犯人は、自分を宮間事件に導きたかったのではないかとさえ思えた。

もし、本人が主張しつづけているように無実なら、事件を見直すことで、宮間にとって大きな希望となるはずだ。再審の道が開ければ、それ以上のことはないと安積は思った。

かつて事案を捜査した者の立場からすると、宮間が無実であってほしくはない。それが本音だ。

だが、安積には迷いはなかった。

あやまちは正すべきなのだ。

しかしながら、現実はなかなか厳しく、事件の洗い直しは簡単ではなかった。

午後五時過ぎに、水野と黒木が帰ってきた。二人の表情は冴《さ》えない。

彼らは、滝井弁護士の死因などを調べていたはずだ。安積は尋ねた。

「どうだった」

水野がこたえた。

「すでに死亡から二年も経《た》っているので、調べ直すのはなかなか難しいですね」

「死因は、急性心不全ということだな」

「そうです。でも、滝井弁護士には、心臓病の持病はありませんでしたし、血圧も高くなかったということです。それは、かつての主治医から聞きました」

「医者が、患者の情報を教えてくれたのか？」

「実は、その主治医も滝井さんの死については首を捻《ひね》ってまして……」

「死因に疑いを持っているということだな」

「それまで、まったく予兆がないのに、急性心不全で死亡するのは、少々不自然だと感じていると言っていました。でも、そこまでなんです」

「そこまで、というのは……？」

「検視や解剖をしたわけではないので、死因についてはわからないし、今さら確かめようがない、と……」

「司法解剖も行政解剖もしていなかったんだな？」

「していません。検視では外傷もなく、現場の様子から他殺の線はないということだったんです」

「そうか……」

そのとき、珍しく黒木が口を開いた。

「ただ……」

安積は尋ねた。

「ただ、何だ?」

「心臓発作を起こさせる毒物は存在するということです」

「どういう毒物だ?」

「アコニチンです。トリカブトの根に含まれる成分で、たいへん毒性が強く、摂取すると、呼吸困難や心臓発作を起こして死にいたります」

「トリカブトか……」

「類似の毒は、トリカブト同様のキンポウゲ科の植物からも採取できます」

黒木は、そこでメモを見た。「メサコニチン、リコクトニン、デルフィニンといった毒物がそうです」

水野が言った。

「そういう毒物が存在するというだけで、それを使ったかどうかは、まったくわかっていないんです」

「救急搬送された病院の医師が、死亡診断書を書いたんだな?」

安積が尋ねると、水野がこたえた。

「ええ、そうです」

「その医師は、毒物については何も触れていないんだな?」

「触れていません」

「トリカブトなんかの毒物のことは、誰から聞いたんだ?」

黒木がこたえた。

「滝井弁護士の主治医です」

「死因に疑問を持っているという?」

「そうです」

「その医師の名は?」

「深川稔《ふかがわみのる》です。年齢は五十七歳」

水野が言った。

「深川先生は、単に可能性を示したに過ぎません。滝井弁護士が毒殺されたとは一言も言っていないのです」

黒木が水野に言った。

「でも、可能性はあります」

「毒物が使用されたという事実を証明する必要があるのよ。根拠もないのに、毒殺だと考えるわけにはいかない」

水野が言うとおりだ。

思い込みだけで捜査をするのは危険だ。安積は尋ねた。

「死亡診断書を書いた医師には、直接話を聞けたんだな?」

水野がこたえる。

「はい。でもその医師は、ほとんど記憶にないと言っていました。二年も前のことだし、特に印象に残ることもなかったと……」

「そうか……」

二年も経てば、証拠も失われていく。初動捜査がいかに大切かがわかる。今になって、滝井弁護士の死因を調べ直そうということ自体、無謀なことなのかもしれないと、安積は思った。

「引き続き、調べてみてくれ」

水野と黒木は「はい」と返事をしたが、彼らの表情は、捜査の難しさを物語っていた。

午後六時頃には、村雨と桜井が戻ってきた。彼らも厳しい表情をしていた。

村雨が安積に言った。

「亡くなった喜田川は、M&Aなども手がける投資ファンドの代表で、波はありましたが、かなりの実績を上げていたようでした。典型的な坂東連合のフロント企業でしたね。その金の受け皿となっていたのが、坂東連合の二次団体である保利沢組でした。この保利沢組で喜田川の会社から流れる金を担当していたやつが、長年にわたって着服をしていたという噂《うわさ》はたしかにあったようです」

村雨の報告は要領を得ていてわかりやすい。安積は尋ねた。

「その担当者の名前は?」

「久谷毅彦《くたにたけひこ》。年齢は四十五歳。保利沢組は、いわゆるマチ金をやっていて、そこの社員です」

最近の暴力団は、普通に組の看板を掲げて事務所を構えることが難しくなってきた。それで、企業の体裁を取る。そして、実際に経済活動をしている。実態がわかりにくくなっている。マフィア化したとも言える。

「そんな噂があるのなら、そいつはすぐに消されてしまうだろう」

安積が言うと、村雨はさらに難しい顔になった。

「証拠が何もないんです。久谷は巧妙に帳簿を操作していたようですね」

「保利沢組は、相変わらず喜田川が残した会社から、金を受け取っているということだが……」

村雨がうなずいた。

「今でもマチ金が受け皿になっていて、久谷が担当しています」

「着服の噂があるにもかかわらず、ずっと久谷が金銭のやり取りを担当しているというのか」

「まずは、久谷が保利沢組組長の信頼を得ているという点が大きいですね。金を扱う者の周辺には必ずいろいろな噂が立ちます。しかし、今のところ、組長は噂より久谷のほうを信じているということらしいです」

「二人の付き合いは長いのか?」

「久谷は、保利沢組発足のときからの古参メンバーの一人です」

「着服の噂はあるが、それが事実かどうかはわからないということだな」

「もしかしたら、殺害された喜田川が証拠を握っていたのかもしれませんが……」

「口を封じられ、証拠を消された可能性があるな」

「そういうことです。もし、初動捜査で、しっかりやっていれば、何かわかったかもしれませんが……」

「今さらそんなことを言っても仕方がない。初動捜査だっていい加減にやったわけじゃない」

「はい」

「事件から五年近く経っていて、証拠や証言は手に入りにくいかもしれないが、何か知っている人物が必ずいるはずだ。引き続き、調べてくれ」

「了解しました。カメラマンの河井のほうは、どうです?」

村雨がテレビ局で写真を見せて回ったせいで、佐治にずいぶんと厭味《いやみ》を言われた。だが、それを今ここで言う必要はないと思った。

安積は言った。

「その件は、池谷管理官たちに預けた」

## 22

村雨が、眉《まゆ》をひそめた。

「我々はもう、河井のことを調べなくていいということですか？」

「いや」

安積は言った。「あくまでも宮間事件の関わりで調べることになる」

「俺がテレビ局に聞き込みに行ったことが、管理官たちに知られたのですね」

さすがに村雨だ。よく頭が回る。

ここで否定しても仕方がないと、安積は思った。

「まあ、そういうことだ」

「すみません。もっと慎重に振る舞うべきでした」

「気にすることはない。これが本来あるべき姿だ」

「本来あるべき姿？」

「防犯カメラの映像から、リシン事件の被疑者を割り出した。それが、河井と同一人物であるかどうか。それを確認するのは、管理官と捜査一課の仕事だ」

「俺たちが、それを確認して、佐治係長たちの鼻を明かしてやりたかったんですがね……」

正直に言うと、安積も同じ気持ちだったが、それを認めるのは大人げないと思った。

「そんな必要はない。河井を見つけ出しただけでも充分な働きだ。俺たちは、宮間事件に専念すればいい。だが、それがなかなか難しい……」

「そうですね……」

村雨の表情がにわかに暗くなった。「事件の見直しというのは、もともとやっかいなものですから……」

村雨の言うとおりだ。発生から時間が経ってしまった事案は、証拠も散逸してしまっているし、関係者や目撃者の記憶も薄れてしまっている。

捜査そのものが難しい。すでに裁判で結論が出ている事案ならなおさらだ。公判で充分に検討されて結論が出されたのだ。それをひっくり返すだけの確証を示さなければならない。

安積は、絶望的な気分になりそうだった。今のところ、何一つ確実な情報がない。四方八方に壁が立ちはだかっているような気分だ。

だが、そんなことを部下の前で言うわけにはいかなかった。

「明日は土曜日だが、須田も復帰してくる予定だ。捜査を続けてくれるか」

村雨がこたえた。

「もちろんです」

他の係員は何も言わない。だが、表情を見れば返事を聞かなくてもわかる。みんな、村雨と同じ気持ちなのだ。

水野が言った。

「須田君、戻って来るんですか？　だいじょうぶなんですか？」

「実は、今日退院して捜査に復帰すると言っていたんだが、無理やり休ませた」

「安心しました。須田君が戻ってくれたら、百人力ですね」

安積もそれを期待していた。須田ならば、膠着《こうちゃく》した今の状況を打開してくれるのではないか。そんな気がしていたのだ。

もちろん、根拠はない。だが、今は須田のツキにすら期待したくなる。

リシン事件の被疑者も、須田が被害にあったから絞り込めたのだ。

須田が戻って来ると聞いて、黒木の表情が明るくなっていた。彼は、一刻も早く須田といっしょに働きたいと考えているに違いない。

だが、すぐに組ませるわけにはいかない。様子を見ながら仕事をさせる必要がある。安積は言った。

「水野と黒木は、今日と同様に明日も、滝井弁護士の件を頼む。須田は俺と組んで、河井の周辺を洗う。村雨と桜井も今日の続きだ」

水野がこたえた。

「了解しました」

黒木はうなずいていた。

午後七時になろうとしていた。

「さあ、あとは明日にしよう」

安積の席の周辺に集まっていた係員たちが、まず自分の席に戻り、それからそれぞれに帰宅していった。

安積は一人残り、書類仕事を始めた。

そこに速水がやってきた。

「毒物事件の被疑者がほぼ確定したんだってな」

「どうしてそんなことを知ってるんだ」

「俺は伊達《だて》に署内パトロールをしているわけじゃない」

「マスコミに洩らすなよ」

「人を見てものを言え」

「おまえ、今日は日勤じゃないのか?」

「そうだ。だから、今帰るところだ」

たしかに速水は私服に着替えていた。

「出口の方向は、ここととはまったく違う。俺が一人になるのを見計らってやってきたような気がするんだがな」

「おまえの気のせいだよ」

「何か言いたいことがあるのか?」

「実は、一つだけ訊《き》いておこうと思ってな」

「何だ?」

「どうして、手柄を捜査一課にくれてやったりしたんだ？」

「何の話だ？」

「リシン事件の被疑者を見つけてきたのは、安積班だと聞いたぞ」

安積は驚いた。

「そんなことを誰から聞いたんだ」

「相楽だ」

そのこたえに、安積はさらに驚いた。

「まさか……」

「俺もそう思ったよ。あいつは思ったよりも律儀なやつかもしれないな」

相楽は、言った。「今や自分も臨海署の一員なんですよ」と。

それは、ある程度本音なのかもしれないと安積は思った。

「もともと、そのネタを教えてくれたのは、東報新聞の由良なんだ」

「次々と掟破《おきて》りをやっている遊軍記者だな」

「掟破りとも言えない。言論の自由は重視されるべきだ」

「そんなたてまえを言っても仕方がないだろう。由良がネタをおまえに洩らしたのには、何か狙《ねら》いがあるはずだ」

「おそらく、由良もその被疑者のことを追っているんだろう。独自に発見するのは無理だ。だが、警察の動きを見れば見当がつく。それでまたスクープを狙う、というところだろう」

「なるほど……。おまえはそれでいいのか？」

安積は肩をすくめた。

「もちろんだ。リシン事件はすでに、俺たちの手を離れた」

「今は、宮間事件に専念しているというわけだな」

「そういうことなんだが……」

「どうした？」

部下には言えないことでも、速水になら言える。

「一度結論が出ている事案を洗い直すのは、なかなか骨が折れる。時間が経っているので、証拠は見つからないし、決定的な証言も得られない」

「ほう、珍しいな。おまえが弱音を吐くなんて」

「別に弱音を吐いているわけじゃない。事実を言ってるんだ」

「素直に言ったらどうだ？　困り果てているって」

「かつて俺たちが手がけた事案だ。そして、もしかしたらそれが今回のリシン事件を引き起こしたのかもしれない。そう思うと、責任を感じる」

「おまえが事件を起こしたわけじゃない。事件を起こしたのは犯人だ」

「それはそうなんだが……」

速水は、何かを企んでいるような笑みを浮かべた。

「何もかも一人で背負い込もうとするのが、おまえの悪い癖だ」

「そんなことはない。俺は部下を信用しているし……」

「そうかな。おまえは、自分で思っているほど人を信用していない」

安積は、しばらく考えてから言った。

「そういうことは、自分ではわからない」

「人間は不思議なもんだ。追い詰められて、人の助けが必要なときほど、孤立しようとする」

「今の俺がそうだと言うのか？」

「たぶんな」

「どうすればいいと言うんだ」

「俺を頼りにすればいいんだ」

「おまえは交機隊だろう。捜査には関係ない」

「ばかを言え。天下の交機隊だぞ」

そう言うと、速水は去って行った。

あいつはいったい、何をしにやってきたのだろう。

そう思いながらも、安積は気分がかなり軽くなっているのに気づいた。

速水が去って、二十分ほど経った。そろそろ帰宅しようと考えているところに、固定電話が鳴った。

「はい、強行犯第一係」

「安積係長か？　池谷だ」

管理官直々の電話だ。安積は緊張した。

「どうなさいました」

「すぐにこっちに来てくれ」

「わかりました」

また何か問題が起きたのだろうか。管理官直接の呼び出しだ。ただごとではないだろう。

もしかしたら、佐治がまた強硬に安積班の処分を訴え、池谷管理官が折れたのかもしれない。

いずれにしろ、何か悪いことに違いない。

安積はそう思いながら席を立ち、管理官室に向かった。

ちらりと課長室のほうを見た。こういうときは、課長に防波堤になってもらう手もある。だが、すでに課長は帰宅した様子だった。

一人で行くしかないな。

安積は、憂鬱《ゆううつ》な気分で管理官室へ急いだ。廊下を進むうちに腹がすわってきた。佐治に何を言われても聞き流そう。処分を言い渡されたら、甘んじて受けるしかない。

管理官室の戸口の手前で立ち止まり、深呼吸をしてから入室した。

「管理官、お呼びでしょうか？」

先ほどと同様の冷ややかな視線を想定していた。

管理官が安積の声に顔を上げた。その隣にいた佐治と相楽も安積のほうを見る。

管理官の前に佐治が何か言うのを覚悟していた。それがいつものパターンだ。

「おお、安積係長」

池谷管理官が言った。

おや、いつもと流れが違うな。安積がそう思ったとき、池谷管理官がにっこりと笑みを浮かべた。

安積は、ぽかんとしていた。

「確保したよ」

池谷管理官が言った。

「は……?」

「河井亮助の身柄を確保した。今、潜伏先を捜索している」

安積は、肩の力を抜いた。咄嗟《とっさ》に言葉が出てこない。

「……そうですか」

さすがは捜査一課だと、安積は素直に感心した。安積が河井のことを伝えたのは、午後四時前。それから四時間も経っていない。

その機動力と集中力には恐れ入る。佐治のごり押しも伊達ではないのだ。

その佐治は、さすがに池谷管理官のように、安積に対して笑顔を見せたりはしなかった。

佐治の隣にいる相楽が言った。

「まだ詳しいことはわかりませんが、潜伏先から、傘に偽装した改造エアガンが見つかったそうです。なんでも、河井はエアガンマニアで、銃の改造なんかもしていたようです」

佐治が相楽をたしなめるように咳払《せきばら》いした。

池谷管理官が言った。

「リシン事件を最初に手がけたのは、君の班だし、河井の情報をくれたのも君だ。だから、一言知らせておこうと思ってね」

安積は言った。

「恐れ入ります」

「これから取り調べをするが、まず河井が犯人で間違いないだろう」

「ぜひ、送検前に話を聞かせてもらいたいのですが……」

「宮間の件だな。いいだろう。君にはその権利があると思う。こちらの取り調べが一段落したら知らせる」

「ありがとうございます」

安積は頭を下げた。

ともあれ、河井の身柄確保でリシン事件は一段落だ。安積は、管理官室を退出した。

席に戻ろうとすると、呼び止められた。

振り向くと、佐治係長がいた。厳しい表情で安積を見ている。

安積は言った。

「何でしょう?」

佐治は、しばらく無言で安積を見ていた。呼び止めておいて何も言わないのは、どういうことだ。安積は、そんな思いで佐治を見返していた。

「俺は、ちゃんと仕事をしないやつは大嫌いだ」

この期に及んで、まだ俺に文句が言いたいのか。安積はそう思い、こたえた。

「そうでしょうね」

「周囲を軽んじたり、決まりを無視するのも許せないと思っている」

「はい」

「仕事のやり方というのは大切だ。みんなが好き勝手なことをやりはじめたら、収拾がつかなくなる」

「わかっています」

「今回は、あんたにツキがあっただけだ。いつも賭《か》けがいいほうに出るとは限らない」

「別に賭けをしたつもりはありませんが」

「もっと地道に仕事をすべきだと言ってるんだ」

「覚えておきます」

佐治は、ふと言葉を切り、やがて言いづらそうに続けた。

「しかしまあ、今回、結果を出したことは確かだ。それは認めてやろう」

「いろいろとご迷惑をおかけしました」

「それから、黒木と言ったか」

「はい」

「部下の教育くらい、ちゃんとしておけ」

「申し訳ありません」

「だが、骨のあるやつであることは確かだ。ああいう部下がいることがうらやましい」

佐治は、安積の言葉を待たず、管理官室の中に消えていった。

安積は、なぜ、佐治が自分を呼び止めたのかようやくわかった。彼なりの敗北宣言だったのだ。

安積は、笑いを浮かべて歩き出した。


翌日には、須田が復帰した。それだけで、安積班の雰囲気が明るくなった気がする。安積は尋ねた。

「本当にもうだいじょうぶなのか?」

「だいじょうぶですよ。体内に吸収されたリシンはほんの微量だったんです。それより、河井の身柄確保ですって? やっぱりやつがリシン事件の被疑者なんですか?」

村雨を始めとする他の係員も、安積に注目した。すでに一部の朝刊では報じられていた。やはり、東報新聞の記事が一番詳しかった。由良のスクープだろう。彼は、目的を果たしたのだ。

安積は、係員たちに報告した。

「俺が身柄確保の知らせを受けたのは、昨日の七時半過ぎのことだ。河井が潜伏していた場所で、傘に偽装した改造エアガンが発見されたそうだ。管理官によると、河井がリシン事件の被疑者でほぼ間違いないということだ」

村雨が言った。

「そいつで、リシンを仕込んだ金属球を撃ち込んだんですね」

「河井は、エアガンマニアだったということだ」

「なるほど……」

須田はうなずいた。「改造エアガンは、驚くほど威力があったりしますからね。金属球を撃ち込むくらいわけもないですね」

「捜査一課の取り調べが一段落したら、こちらも話を聞けることになっている」

村雨が言う。

「もしかしたら、河井が宮間事件について何か知っているかもしれませんね」

「俺もそれを期待している」

実は、ただの期待ではなかった。それにかけていると言ってもよかった。

河井は何か確証を持っているからこそ、宮間事件の判決に憤り、リシン事件を起こしたのだと思いたかった。

もしそうでなければ、今のところ打開策はない。宮間事件の洗い直しは、自分たちの手に余るかもしれないと、安積は思っていた。

いつまでも、係員たちに負担を強いているわけにはいかない。見切りをつけて、捜査の終結宣言を出さなければならないときが来る。

安積がそんなことを考えていると、固定電話が鳴った。

桜井が出た。

「はい、強行犯第一……」

そうこたえた次の瞬間、桜井の背筋が伸びた。「お待ちください」

電話を保留にすると、桜井は言った。

「署長から、係長に……」

土曜日だというのに、何事だろう。

安積は受話器を取り、保留を解除した。

「はい、安積です」

「今、電話に出たのは、桜井か?」

「そうです」

「……ということは、係の者は出て来ているのか?」

「全員そろっています。須田も今日から復帰です」

「それはいい。では、全員署長室に来てくれ」

「全員……?」

「そうだ」

「わかりました。すぐに向かいます」

「待っている」

電話が切れた。

昨日に続いて、今日も署長からの呼び出しだ。いったい何事だろう……。

安積は、係のみんなに言った。

「署長が呼んでいる。全員で来てくれということだ」

村雨が眉間《みけん》にしわを刻む。

「署長室へ呼び出し……？　あまりいい気分じゃないですね」

「同感だ。とにかく、行ってみよう」

安積は立ち上がった。

## 23

土曜日とはいえ、警察署一階の雰囲気は普段と変わらない。記者の姿も絶えない。安積班全員が、署長室に向かうと、記者たちが何事かと群がってきた。

記者の一人が安積に質問した。

「何があったんですか?」

「知らんよ。署長に呼び出されたので来ただけのことだ」

席に副署長がいない。

安積は、記者たちを無視して、署長室のドアをノックした。野村署長の声がその向こうから聞こえてきた。

「入りなさい」

安積はドアを開けた。

「失礼します。安積班全員……」

そこまで言って、安積は言葉を呑《の》み込んだ。

応接セットのソファに座っている人々の顔を見つめていた。

野村署長が言った。

「そんなところに突っ立っていないで、入れ」

「はい」

安積が入室すると、村雨、須田、黒木、水野、桜井の順に続いた。彼らも安積同様に、ソファの人々に驚いた様子だった。

どうやら処分や叱責《しっせき》ではなさそうだ。安積はそう思って、野村署長の説明を待っていた。

ソファの一番手前でにやにやしているのは速水だった。

その隣が、鑑識の石倉係長だ。そして、暴力犯係の真島係長、瀬場副署長、さらに、刑事総務係の岩城係長がいた。

野村署長が言った。

「速水から話は聞いた。けっこう手を焼いているようじゃないか」

「速水が何を言ったのです?」

「宮間事件のことだよ。もはや、安積班だけに任せておける段階ではない。私が主導で捜査に当たる。特命班を集めた。ここにいるのがそのメンバーだ。その特命班に安積班も加わってもらう」

たしかに石倉や真島の力が借りられれば心強い限りだ。

安積は思わず速水の顔を見ていた。速水は笑みを浮かべたまま言った。

「言っただろう。俺に任せておけって」

野村署長が言った。

「安積係長。過去に自らが逮捕・送検した事案について洗い直し、それが再審ということになれば、自ら泥をかぶることにもなりかねない。それはわかっているんだろうな?」

安積は背筋を伸ばしてこたえた。

「はい。覚悟はできています」

「ならば、真実を明らかにしよう。石倉、真島の二人は、すまんが、宮間事件を最優先にしてくれ。署内の必要な人員を使っていい。岩城は情報の整理だ」

岩城が署長に言った。

「当面、我々が詰める部屋が必要になりますね」

「進捗《しんちょく》状況をリアルタイムで知りたい。署長室を使ってくれ。必要ならホワイトボードや無線機などを持ち込めばいい」

「了解しました」

安積は言った。

「速水も特命班のメンバーということですか?」

「そうだ。彼が言い出しっぺだからな」

「交機隊の小隊長は、本庁所属です。署長の特命で動いていいのでしょうか」

それを聞いた速水が言った。

「水くさいことを言うな。俺は、ベイエリア分署の時代から、この臨海署の一員だ」

野村署長が言った。

「さあ、時間はないぞ。すぐに始めてくれ」

野村署長の言葉を受けて、暴力犯係の真島が安積に言った。

「保利沢組とかのマルB関係は、誰が洗っている？」

「村雨と桜井だ」

「うちの連中を村雨の指揮下に置くから、使ってくれ。俺もいろいろと当たってみる」

マル暴刑事が助っ人になれば百人力だ。

「わかった」

次に石倉が声をかけてきた。

「死因については、俺たち鑑識が徹底的に洗う」

「被害者の喜田川の死因と同時に、調べてもらいたいことがあります」

「何だ？」

「宮間を担当していた滝井弁護士の死因です。再審請求をしている最中に急性心不全で亡くなっているんです」

「そいつは怪しいな」

「主治医だった深川稔という医者も、死因を不審に思っているということです」

「心臓発作というと、トリカブトかな……」

「深川医師も、そのようなことを言っていたそうです」

「調べてみよう」

「その件は、水野と黒木が担当しています。何かあれば、彼らに言ってください」

「わかった。任せておけ」

石倉は、水野と黒木を呼んで打ち合わせを始めた。

「安積係長」

野村署長の声だった。安積は、すぐに署長席に近づいた。

「何でしょう？」

「河井といったか？　毒物事件の被疑者」

「はい。河井亮助です」

「話は聞いたのか？　宮間事件について、何か知っている可能性があるんじゃないのか？」

「管理官室の取り調べが一段落したら、話を聞ける段取りになっています」

「待っていても埒《らち》が明かん。わかった。俺が池谷管理官に電話してみる」

たしかにそれは話が早いと、安積は思った。安積が催促してもうるさがられるのがオチだが、管理官も署長の要請を無視することはできないだろう。

野村署長のおかげで、これまで岩のようにどっしりと動かなかった状況が、坂を転がるように勢いよく回りはじめたという実感があった。

もしかしたら、速水が言うとおり、俺は自分で思っているより他人を信用していないのかもしれないと、安積は思った。

「人間は不思議なもんだ。追い詰められて、人の助けが必要なときほど、孤立しようとする」

速水は、そんなことも言っていた。

なるほど、自分では気がつかないうちに、安積はそういう状態になっていたのかもしれない。

やっぱり、速水にはかなわない。

安積がそんなことを考えていると、電話を切った野村署長が言った。

「すぐに来いということだ。取調室で待っているそうだ」

「わかりました」

安積は、須田を連れて、取調室に急いだ。


取調室が並ぶ廊下で待っていたのは相楽だった。

「すぐに話が聞けます」

安積は相楽に尋ねた。

「自供したのか？」

「大筋で罪を認めています。送検には問題ないでしょう」

「そうか」

安積は扉を開けようとした。そのとき、相楽が言った。

「ＳＳＢＣからの写真、自分から入手したということを、管理官に言わないでくれましたね」

安積は振り向いた。

「言う必要がないからだ」

「お礼を言わなければならないと思います」

「それも必要ない。俺が要求したことだ」

安積は扉のほうに向き直り、付け加えた。「それに、同じ臨海署の署員同士だからな」

そのまま相楽のほうを見ずに、取調室に入った。

河井亮助は、真正面を向いて座っていた。安積は机を挟んでその向かい側に座る。須田が安積の隣に座った。

相楽が記録席から声をかけてきた。

「自分も立ち会わせてもらいます。証拠として使えそうな証言は、記録させていただきます」

安積は、河井のほうを向いたまま、「わかった」とこたえた。

河井は、落ち着いた様子だった。

「臨海署の安積といいます。四件の毒物事件について、罪を認めているそうですね？」

河井はこたえた。

「俺がやりました」

「コウモリ傘型の改造エアガンを使って、リシンを仕込んだ金属球を、ゆりかもめの乗客に撃ち込んだんですね？」

「そうです」

「なぜ、そんなことをしたんです？」

河井の眼に、ある感情が浮かんだ。怒りだと、安積は思った。

「あなたは、臨海署の刑事さんだと言いましたね？　では、宮間事件を知っていますね？」

安積はうなずいた。

「知っています。そして、あなたが、宮間政一さんのカメラクルーだったことも知っています」

「もしかして、あなたが宮間事件を担当したのですか？」

「そうです。私が担当しました」

「俺のターゲットがようやくはっきりしました」

「つまり、私が復讐《ふくしゅう》のターゲットだったということですか？」

「宮間さんに無実の罪を着せた刑事は、報いを受けなければなりません」

「それで、私の部下にリシンを撃ち込んだのですか？」

「あれは、あなたの部下だったんですか。じゃあ、彼も宮間事件を担当していたということですか？」

「そうです」

「ならば、当然の報いですね。それで、彼はどうなりました？」

「今、私の隣にいるのがその当事者です」

河井はちらりと須田を見てから言った。

「無事だったんですね」

「幸い、軽症で済みました。リシンを仕込んだ金属球が使用されたことはわかっていたので、いち早く摘出できたのです」

「それは残念だ……」

安積は、横目で須田を見た。須田は、無表情だ。

安積は言った。

「宮間政一さんが無実だと、あなたは信じているのですね？」

「彼は無実ですよ。いろいろな反証があった。だけど、検察も裁判官も耳を貸そうとしなかったんです。検察が書いたシナリオのとおり裁判が進み、判決が下されたんです」

「どんな反証があったのですか？」

「そんなの今さら言ったところで、どうしようもないでしょう」

「再審の道は、まだ閉ざされたわけじゃありません。何度でも請求することができます」

「宮間さんは、あと半年ほどで刑期を終えるんですよ。今になって再審なんて……」

「今からでも遅くはありません。再審が開始されれば、宮間さんの汚名をそそぐことができるかもしれないのです」

「宮間さんに濡《ぬ》れ衣《ぎぬ》を着せた張本人が、何を言うんですか」

「だからこそ、私は本当のことを知りたい。そう考えています」

「すでに宮間さんは、四年半も服役している。その時間を取り返すことはできないんですよ」

「時間は取り戻すことはできませんが、名誉を取り戻すことはできます」

「宮間さんに有罪判決が下り、さらに最初の再審請求が認められなかったとき、俺は司法制度に落胆しました。検察も裁判官も、被告を有罪にすることしか考えていない。検事の創作で犯罪者が作られていくのです。検察は、シナリオに合致する証拠だけを取り上げ、都合の悪い証拠は握りつぶす。弁護士がどんなに証拠を突きつけても、検事と判事が結託してそれを採用できないようにしてしまう。こんなに悔しくて恐ろしいことはない。裁判を傍聴していて、それがはっきりとわかったんです」

「だから、テロを計画したのですか？」

「それしかないと思いました。裁判を信用できないんだから、他に何ができますか。まずは宮間さんを逮捕し、送検した臨海署を懲らしめなければならないと思いました」

「宮間さんの無罪を訴えるお気持ちはわかります。しかし、あなたは、考え得る最悪の手段を選びました」

「最悪だろうが何だろうが、世間は注目するはずだと思いました」

「臨海署宛《あて》にメールを送ったのもあなたですね？」

「そうです」

「そのメールで、なぜ宮間事件について触れなかったのですか？　あの内容では、宮間さんの怨《うら》みを晴らすという目的は果たせないのではないですか？」

「臨海署の人たちに考えてほしかったんですよ。結局、気づいてくれたわけですよね？」

「宮間さんが無実だという根拠は何ですか？」

「だから、今さらそんなことを話してもしょうがないと言っているでしょう」

「教えてください。私たちは今、宮間事件を洗い直しているのです」

「そんなことをして何になるんです」

「もう一度再審請求にこぎ着けられるかもしれません。そのためにも、あなたがご存じのことを教えていただきたいのです」

河井はそっぽを向いて、黙り込んだ。

長い沈黙の後、須田が言った。

「滝井弁護士をご存じですか？」

河井が須田を見た。

「もちろん、知ってますよ。宮間さんの無実を世間に訴える運動を、いっしょにやっていましたからね」

「滝井弁護士が亡くなったことで、再審の道が一度閉ざされた……。そうですよね？」

「そう。そのとき、俺は司法に期待することはやめたんです」

「滝井弁護士が亡くなってから二年も経《た》っています。どうして、今だったのですか？」

「リシンを使用したのが、ってことですか？」

「そうです」

「計画を練り、準備をするのに二年かかったんです。リシンの抽出方法を学んだり、エアガンを改造して傘型の空気銃を作ったり、リシンを仕込む穴のある小さな金属球を作ってもらうのにも時間がかかりましたね」

「傘型の空気銃や、リシンを仕込んだ金属球というと、当然ながら、ゲオルギー・マルコフ事件を思い出しますよね」

「そう。それをわかってほしかった。検事や判事、そして警察が手を結んで、一人の優秀なジャーナリストをこの世から葬った。だから、ジャーナリストを暗殺した事件を模倣したんです」

「検事や判事、そして警察が、一人のジャーナリストを葬ったと、あなたは言いましたよね。でも、あなたが、そのジャーナリストを生き返らせることができるかもしれないんですよ」

河井は、しげしげと須田の顔を見た。須田がさらに言った。

「あなたが、宮間さんをジャーナリストとして生き返らせることができるんです。そのチャンスを逃しちゃだめです」

自分を殺害しようとした相手を、理路整然と説得しようとしている。やはり須田はたいしたやつだと、安積は思った。

須田の言葉を聞いて、河井は安積を見た。安積は言った。

「教えてください。あなたは何をご存じなのですか？」

河井が、逡巡《しゅんじゅん》したのちに言った。

「宮間さんは、暴力団員の口封じに利用されたんです」

「それは、暴力団員が、喜田川琢治を殺害し、その罪を宮間さんに着せようとした、ということですか？」

「そう。検察は、それにまんまと乗ってしまった……」

「喜田川琢治を殺害した人物をご存じなのですか？」

「実行犯を特定できているわけではありません。でもある程度絞られています。保利沢組の組員です」

「久谷毅彦ですか？」

「いや、久谷の身内です。名前まではわかりませんが、そいつは、ブラックジャックを使うのが得意なのです」

ブラックジャックは、革などの袋に鉛やコインなどの重りを詰めた武器だ。頭部を打てば、脳にダメージを与えると言われている。

須田が言った。

「なるほど、ブラックジャックね……」

安積は須田を見てうなずいた。それから、視線を河井に戻して言った。

「私は、宮間さんについては、できるだけのことをします」

河井が穏やかな表情で言った。

「私のやったことが役に立ったのですね」

安積は厳しい口調で言った。

「テロや殺人は決して許されることではありません。別の方法を考えるべきでした。あなたは、最大の間違いを犯したのです」

それでも河井の表情は、晴れ晴れとしているように見えた。安積は、複雑な心境で席を立った。

# 24

安積と須田が署長室に戻ろうとすると、また記者たちに囲まれた。

「毒物事件の被疑者は確保されたんですよね？」

「まだ、何かあるんですか？」

記者たちの中に、東報新聞の山口がいた。そのまま、ノーコメントで署長室に入るつもりだったが、安積は思い直してドアの前で立ち止まり、言った。

「毒物事件は、過去のある傷害致死事件の関連で起きた可能性がある。今、我々はその傷害致死事件の洗い直しをしている」

これだけ言えば、記者たちにはわかるはずだ。特に山口は詳しく知っているかもしれない。病院で由良を紹介されたときに、宮間事件のことを話している。

どこかの記者が尋ねた。

「それは、何の事件ですか？」

知っていて確認を取ろうとしているのだろう。

「詳しいことは、副署長から発表があると思う」

安積は、話を打ち切って署長室に入ろうとした。そのときにはすでに、山口の姿はなかった。

署長室に戻ると、まず野村署長に報告した。

「リシン事件の被疑者、河井は、保利沢組の久谷毅彦の周辺にいる人物が、喜田川琢治を殺害したとの情報を得ているようです」

「人物は特定できているのか？」

「いえ。河井は知らないということです」

「わかった。真島係長や石倉係長といっしょにその線を洗ってくれ」

「了解しました」

真島、石倉、須田そして、安積の四人で立ったまま打ち合わせを始めた。

安積の話を聞くと、まず石倉が言った。

「ブラックジャックか……。それなら、急性硬膜外血腫の説明がつく。素手で殴ったというよりずっと説得力がある」

真島が言った。

「保利沢組のやつだな。俺に心当たりがある」

安積は思わず聞き返した。

「本当か？」

「ああ。一時は羽振りがよかったが、今は冷や飯を食っているやつだ。名前はたしか、伊佐銀《いさぎん》司《じ》」

「所在はわかるか？」

真島は肩をすくめた。

「保利沢組担当のやつに聞けばわかるだろう。わからなくても、すぐに探し出すさ」

「頼む」

「そういえば……」

真島が何か思い出したように言った。

「何だ？」

「伊佐はずっと、保利沢組マチ金の久谷にくっついて、汚れ仕事をしてきた。ブラックジャックを使うことで知られているが、実は自宅の庭でトリカブトなんかも栽培しているという噂《うわさ》を聞いたことがある」

「トリカブトか……」

石倉が言った。「それが事実なら、滝井弁護士の件とも結びつくじゃないか」

安積はうなずいて言った。

「うちの係員たちに連絡しておきます」

それを聞いて、須田がすぐに携帯電話を取り出した。彼は村雨にかけるのだろう。そうすれば、水野たちにも連絡が回るはずだ。

ふと気づいて、安積は石倉に尋ねた。

「速水の姿が見えませんね。どこへ行ったんでしょう」

「ああ、速水なら、水野をパトカーに乗せてやるとかで、いっしょに出かけて行った」

その日の午後六時頃、伊佐銀司の身柄を確保したという知らせが、村雨から入った。身柄を臨海署に運び、すぐに安積が取り調べをした。

伊佐銀司の年齢は四十歳だが、やせこけていて、実年齢よりも老けて見えた。喜田川琢治殺害について追及すると、彼はあっさりと自供した。保利沢組の久谷に命じられたのだと言った。

伊佐は、昔は羽振りがよかったが、今は冷や飯を食わされていると、真島が言っていた。勢力争いか何かで失脚し、冷遇されているということだろう。

今さら、久谷に義理立てすることもなく、罪を一人で背負わされてはたまったものではない、と考えたようだ。

伊佐の供述によると、やはり久谷は、着服の事実を喜田川に知られ、その口封じのために殺害を命じたのだということだ。

その知らせを聞いた野村署長が安積を呼んで、そっと言った。

「警察がやることではないが、これを弁護士に知らせるべきじゃないだろうか」

安積はこたえた。

「かつて滝井弁護士のところで働いていた、成島という弁護士がいます。彼に話してみましょう」

連絡を取ると、成島浩太郎はすぐに会いたいと言って来た。安積は、彼の事務所を訪ねた。

「喜田川殺害の真犯人が見つかったということですか……」

会うといきなり、成島弁護士が言った。安積は慎重に言った。

「まだ、しっかり裏を取ったわけではありませんが、被疑者であることは間違いありません」

「でも、自供したんですよね」

「しました」

「それはとても大きな出来事です。もしかしたら、宮間さんの再審の道が開けるかもしれません」

「あなたが担当なさいますか?」

「もちろんです。滝井先生の遺志を継ぐことにもなりますからね」

安積は無言でうなずいた。成島弁護士は、不思議そうな顔で言葉を続けた。

「まさか、警察の方から、こんな話が聞けるとは思ってもいませんでした」

「私もこんなことになるとは思いませんでした」

成島は力強くうなずいた。

「私は全力を尽くします。さっそく、宮間さんに会ってくることにしましょう」

「私がこの件であなたにお会いするのは、これが最後だと思います。私は、宮間さんを逮捕した担当者です。そして、場合によっては弁護側と対立する立場ですから……」

「わかりました。あとは我々の問題です」

安積は、成島の事務所をあとにして、臨海署にもどった。

警察のやることではないと、野村署長は言った。そして、こんな話を警察から聞けるとは思わなかったと、成島弁護士が言った。

たしかに、今、安積がやっていることは、警察官のやることではないかもしれない。だが、これをやらなければ、警察官でいる以前に、安積剛志という人間でいられなくなる。そんな気がしていた。


月曜日の午前十一時頃、石倉が安積のところに来て言った。

「アコニチンが出たぞ。トリカブトの毒だ」

「滝井弁護士ですか……?」

「そうだ。滝井弁護士の毛髪から検出された」

「毛髪? いったいどこで毛髪を入手したんですか?」

「奥さんだよ。滝井弁護士の遺体を湯灌《ゆかん》するときに、櫛《くし》で頭髪をすいてあげたんだそうだ。櫛に残った頭髪を捨てられず、取ってあった。それをわが鑑識係員が入手したというわけだ。その頭髪から、アコニチンが検出されたんだ」

「つまり、主治医の深川医師の読みどおり、滝井弁護士はトリカブトの毒で殺害された可能性があるということですね」

「ああ。それから、伊佐の自宅を捜索したら、案の定、庭にトリカブトが植えられていたよ」

安積は、勾留《こうりゅう》中の伊佐にその事実をぶつけた。すると、伊佐は滝井弁護士殺害も認め、それも保利沢組の久谷に命じられたことだと語った。

滝井弁護士殺害の容疑でも逮捕状が執行され、伊佐は送検された。

「久谷の身柄を押さえよう」

野村署長の命令で、捜査員が保利沢組事務所と久谷の自宅に向かった。

伊佐銀司の送検と、久谷毅彦の身柄確保の件で、検事から呼び出しがあった。おそらく血相を変えているだろう。

安積が東京地検に出向こうとしていると、野村署長が言った。

「待て。そういうことは俺に任せろ」

「しかし……」

「事情説明は、俺の役目だ。それから、担当の弁護士の名前は何だっけな?」

「成島浩太郎です」

「連絡先を教えてくれ。彼からも検察に話をさせたほうがいいだろう」

安積は電話番号を教えた。

「久谷はどうだ? 何かしゃべっているか?」

野村署長に尋ねられて、安積はこたえた。

「いえ、今のところ、何も知らないと……」

脇から真島係長が言った。

「でも、心配いりません。今、全力で裏を取っていますし、久谷はいろいろやっていますから、どんな形でも起訴できますよ」

「違法捜査はいかんぞ」

「心得てます」

野村署長が安積に言った。

「宮間がこれからどうなるかはわからん。だが、我々は、やれることはすべてやった。そうだな？」

安積はうなずいた。

「そう思います」

「ならば、君も満足だろう」

「はい」

「よし、これで幕引きにしよう」

安積は、深々と礼をした。


それからしばらくして、宮間の再審請求が提出されたという記事が各紙に載った。一番早く、そして一番大きな記事を掲載したのは、東報新聞だった。山口友紀子の手柄に違いないと、安積は思った。

俺は山口をひいきしているだろうかと、安積は自問した。いや、これは山口の実力だと、安積は思った。

池谷管理官や捜査一課の面々も本部庁舎に引きあげ、臨海署内は、すっかり日常に戻っていた。

あるとき、廊下で相楽とすれ違った。相楽が安積を呼び止めた。

「何だ?」

「宮間事件のこと、さすがだと思います」

「そんなことはいちいち言わなくていい。同じ臨海署の仲間なんだろう」

「外に敵がいるときは、いっしょに戦います。でも、普段は競争相手だと思っています。さすがだとは思いますが、自分も負けませんよ」

相楽が歩き去った。

それでこそ、相楽だ。

安積は、思わず笑みを洩《も》らしていた。


野村署長は、幕引きだと言ったが、やり残したことがある。安積はずっとそう思っていた。

残暑は厳しいものの、陽光が明らかに夏とは違ってきて、海からの風も爽《さわ》やかさを増してきた頃、安積は、宮間に会いに出かけた。

よく晴れた日で、暑かったが海風が心地よかった。

煩雑な面会のための手続きを済ませ、アクリル板の前で、宮間を待った。しばらくすると、髪を短く刈った男がやってきて、アクリル板を挟んで安積と向かい合った。

安積は言った。

「ご無沙汰《ぶさた》しています。宮間政一さんですね」

「安積さんでしたね」

「あなたは、私に言いたいことがおありだろう。そう思ってやってきました」

「あなたが、私を逮捕した責任者だったのですね」

「捜査の責任者でした」

「私は、無実です。喜田川を殺してなどいません。それを、取り調べのときも、裁判でも、何度も主張しました。しかし、刑事も、検察官も、裁判官も、耳を貸そうとしませんでした」

安積は、眼をそらしたかった。だが、まっすぐに宮間を見たまま話を聞いていた。聞くしかない。反論は許されないと思った。

宮間の言葉が続いた。

「私は、捜査責任者を……、つまりあなたを怨みました。自分が書いたシナリオに固執する検察官を憎みました。そして、真実を知ろうとしない裁判官を軽蔑《けいべつ》しました。四年半の間、刑務所の中で私を支えていたのは、その怨みだけでした。警察を、検察を、裁判官を怨み続けることで、私は生きてこられたのです。いつか、この怨みを晴らしたい。なんとしてでも、冤罪であることを世に知らしめ、警察の捜査や刑事裁判がいかにいい加減であるかを訴えたい。そう思っていました」

捜査も裁判も、決していい加減ではない。ただ、司法にたずさわるのも人間だ。あってはならないことだが、あやまちもある。それは、仕方のないことだと思う。だからこそ、控訴や上告、再審請求など、あやまちを正す機会が設定されているのだ。

ただ、その機会もあまり認められることがないのも事実だ。控訴は棄却されることが多く、再審請求など滅多に通ることはない。

宮間の怒りはもっともだ。そして、その怒りをただ受け止めるしかないのだと、安積は思っていた。

宮間の言葉が続いた。

「逮捕されたら、その段階でマスコミは犯罪者扱いです。裁判で有罪判決が出たら、もう被告は為《な》す術《すべ》がありません。一つの流れができてしまうのです。強い潮の流れのようなものです。何を言おうとそれに押し流されるしかない……。私は、裁判の最中、無実を訴えながらも、そんな無力感を抱いていました」

安積は、あいづちも打てなかった。ただ、宮間の眼を見つめているしかない。その眼は、怒りでぎらぎらとしていた。

宮間の言葉が続く。

「どうして、もっとちゃんと調べてくれないのか。無実を証明するような証拠をことごとく無視するのはなぜなのか……。私はずっとそんなことを考え、眠れない日々を過ごしたのです」

「その点について、私は謝罪に来ました」

安積は、思い切って発言した。

「もっと早く事件を調べ直すべきでした。しかし、河井が事件を起こすまで、そのきっかけがありませんでした」

「河井は、私の代わりに怨みを晴らそうとしたのだと思います。そう。私はそれを望んでいたのです。いや、望んでいたはずでした……」

宮間の眼から怒りが引いていった。

安積は、宮間の感情の変化を無言で見守っていた。

彼の言葉が続いた。

「実際に、河井が事件を起こしたのだと知ったとき、なぜか私はひどくうろたえたのです」

「うろたえた……?」

意外な言葉だったので、安積は思わず聞き返していた。

「そうです。気分が晴れるどころか、居ても立ってもいられない気持ちになりました。河井はやってはいけないことをやってしまった。自分がそれをやらせてしまったのかもしれない。そんな思いに襲われたのです」

「河井を犯罪に駆り立てたのは、あなたではなく、あやまちを犯した我々だったのかもしれません」

「警察の人がそういうことを言うのを、初めて聞きました。今まで、謝罪や反省の言葉など聞いたこともありませんでした」

「そうでしょうね……」

「謝罪にいらしたと言われましたね」

「はい」

「この四年半、謝罪などとても受け容《い》れられるような気持ちではありませんでした」

「そうだと思います。何を今さらとお思いでしょう」

「成島弁護士から、あなたの話を聞くまでは、ずっとそういう思いでいたことでしょう」

「成島弁護士から、私のことを……？」

「そうです。あなたが事件を見直そうとしてくれなければ、再審請求はなかったと聞きました」

「あやまちを正そうと思いました」

「再審請求が通ることはほとんどありません。それでも、これで潮の流れが変わるかもしれません」

「望みはあると思います」

「そうですね。もし、再審請求が通らなくても、あなたが、事実を知ろうと事件を調べ直してくれたことが、私にとって救いになるかもしれません」

安積はうなずいた。

「請求が通ればいいですね」

「それが奇跡に等しいことを、私だって知っています。奇跡はなかなか起きないから奇跡なんです」

「でも、起きることがある」

宮間がしばらく何事か考えたのちに言った。

「そうですね。それを信じることにします」

安積はうなずいてから立ち上がった。

「では、私はこれで……」

宮間が言った。

「私はあなたに、とてもではないが感謝する気にはなれない」

「わかっています」

「でも、あなたの勇気は讃《たた》えられるべきだと思います」

安積は、宮間に深々と礼をして踵《きびす》を返した。


署に戻ると、一階で速水と東報新聞の由良が立ち話をしているのを見て、安積は驚いた。二人に近づくと、速水が言った。

「よう、係長。宮間に会いに行ってたんだって？」

「おまえは、どこでそういう話を聞きつけるんだ？」

由良が反応した。

「宮間に会いに行かれた？　本当ですか？」

安積は、その質問にはこたえず、由良に言った。

「再審請求の記事、ずいぶん詳しかったですね。あなたの記事ですか？」

「いや、あれは山口にやられました」

やはり思ったとおりだった。

「遊軍と番記者の、社内での競争もなかなか厳しいようですね」

「切磋琢磨《せっさたくま》。それでいい新聞ができればけっこうじゃないですか」

安積は速水に尋ねた。

「ところで、こんなところで何の話をしていたんだ？」

「挨拶《あいさつ》をしていただけだ。俺は情報通だから知りたいことがあったら、俺に訊《き》いてくれってな」

由良が言った。

「速水さんのお噂はかねがねうかがっておりましたよ。お近づきになれて光栄です。では、私はこれで……」

彼が立ち去ると、安積はもう一度速水に尋ねた。

「お近づきだって？　どういうつもりだ？」

「ああいうやつは、近くに置いて監視するに限るんだ」

「なるほどな」

「宮間は何だって？」

「俺に感謝することはできないと言っていた」

「そうだろうな」

「ただ、俺たちが事実を知ろうとしたことが、彼の救いになるかもしれないと言っていた」

「そうか」

速水は、それ以上の説明を求めなかった。

強行犯第一係に戻って来ると、珍しくみんなが顔をそろえていた。

村雨はいつものようにしかめ面をしている。須田はすっかり元気を取り戻していた。水野はいつしか安積班の重要なメンバーとなり、黒木は無口だが、しっかりと須田をサポートしている。桜井は、若手らしくはつらつとして見えた。

もしかしたら、彼らのもとを去らなければならないかもしれない。宮間事件については、自分が責任を取ると、署長にはっきりと言った。

どういう形で責任を取らされるのかわからないが、最悪の場合、懲戒免職もあり得るだろう。そうなればもう、彼らといっしょに働くことはできない。

再審請求が通るということは、自分たちのあやまちが決定的になるということだ。だが、それでも通ってほしいと、安積は思っていた。


それからしばらく経ったある日、マスコミがいっせいに宮間事件を取り上げることになった。

再審が認められたのだ。異例の早さだった。裁判所は、すでに四年半も宮間が服役していることを斟酌《しんしゃく》したのだろう。

安積は思った。

潮流が変わり、奇跡が起きたのだ。

それはまた同時に、安積の人生の潮目が変わったことを意味するのかもしれなかった。いよいよ責任を取らねばならない日が近づいたのだと、安積は覚悟を決めていた。

新聞各紙は、冤罪の可能性を指摘し、警察や検察を非難する論調が強かった。だが、東報新聞はちょっと違った。

「司法制度の信頼を取り戻した英断」

「警察・検察の自浄作用を証明」

そういった見出しの記事が次々と掲載された。事件を見直したことを評価するキャンペーンを展開したのだ。

その一連の記事を読んで、安積は報われたような気持ちになっていた。世の中の大多数が自分を非難しても、誰かが認めてくれていることがわかれば心は安らぐ。

再審が認められた一週間後のことだ。電話を受けた桜井が安積に告げた。

「署長がお呼びだということです」

ついにきたか。

安積はそんな気持ちでうなずいた。

「わかった。すぐに行くと伝えてくれ」

席を立ち、署長室に向かった。

強行犯第一係。ここを去るときが来たのかもしれない。だが、悔いはない。安積はそう思っていた。

副署長席の周りにはいつものように記者が集まっていた。

安積は、山口を見つけて尋ねた。

「宮間事件の記事を書いたのは君か？」

近くに他社の記者がいたが気にしなかった。山口がこたえた。

「私一人の力では、キャンペーンは張れません。社会部全体でやったことです」

「では、番記者の君も遊軍の由良も協力して記事を書いたということだな？」

「そうです。正しい行いは評価されなければならないと、私は思います。それがわが社の姿勢でもあります」

俺は山口をひいきしているだろうかと、安積は再び自問した。ひいきしているかもしれないと思った。

女性だからではない。安積は、山口のジャーナリストとしての姿勢を評価しているのだ。

安積はうなずくと山口に背を向け、署長室のドアをノックした。

「失礼します」

安積は署長室に入った。

「ああ、安積君か」

野村署長が言った。「ドアを閉めてくれ」

安積は言われたとおりにして、署長席の正面に立った。

野村署長が言った。

「宮間事件の再審が認められたことを受けて、警視庁でも再捜査することになった。担当するのは、本部捜査一課の特命捜査対策室だ」

特命捜査対策室は、継続捜査などを担当する部署だ。臨海署が担当するわけではないということだ。

安積は、無言で署長の言葉の続きを待った。

「ついては、担当者からいろいろと質問されることになると思うから、そのつもりでいてくれ」

さらに、署長の言葉を待った。だが、野村署長は、その先を言おうとしない。安積は戸惑って尋ねた。

「あの……、それだけでしょうか?」

「ああ、それだけだが、何か?」

「私はてっきり処分を言い渡されるのだと思って、ここにやってきました」

「処分? 何の処分だ?」

「署長は、泥をかぶる覚悟はあるのかと、私にお尋ねになりました」

「ああ、たしかにそんなようなことを言ったな。君の覚悟を確かめたかったんだ。別に、君に責任を押しつけるつもりなどなかった。係長に責任を取らせてほおかむりなんてできないよ」

安積はますます戸惑った。

「しかし……」

「首を切られるとしたら、署長の俺だ。だが、どうやらそんなこともなさそうだ」

「どういうことでしょうか」

「宮間事件の再審が認められたことを受けて、当然、上層部では責任問題の議論が起こった。国家公安委員会でもそれが問題になった。そのとき、警視総監が啖呵《たんか》を切ったんだそうだ」

「啖呵を切った？」

「そう。冤罪事件を知らんぷりして隠し通そうとしたのなら処分されるべきだ。しかし、あやまちを自ら正そうとした者を処罰する必要などない。そう言ったらしい」

「それが認められたのですか？」

「例の東報新聞のキャンペーンが、警視総監を後押しする形になった。あのキャンペーンで世論の流れが変わった」

「では、私の処分は……？」

「俺も君もおとがめなしだ。もっとも、東京地検ではそうはいかないようだがな」

検察の責任が追及されることになるということだろう。

なんだか肩すかしを食らったような気分だった。

野村署長は言った。

「以上だ」

安積は、上半身を十五度に折る敬礼をした。

「いろいろと、ご迷惑をおかけしました」

「いいか。係長ごときが責任を取れるなどと思うな。そいつは思い上がりだ」

そこまで言って、野村署長はにっと笑った。「責任を取りたかったらな、安積係長、出世することだよ」

安積はもう一度礼をして署長室を退出した。記者たちをかわし、階段を上る。

刑事課のフロアにやってきた。強行犯第一係が見えてくる。

俺はまた、ここに戻って来られる。

安積は、しみじみとそう思っていた。

この作品は、月刊「ランティエ」二〇一四年九月号〜
二〇一五年八月号までの掲載分に加筆・訂正したものです。

## 著者略歴

今野敏（こんの・びん）
1955年北海道生まれ。上智大学在学中の78年に『怪物が街にやってくる』で問題小説新人賞を受賞。卒業後、レコード会社勤務を経て、執筆に専念。著書に『蓬莱』『リオ』のほか、小社刊に『晩夏』『デッドエンド』『捜査組曲』などがある。2006年、『隠蔽捜査』で吉川英治文学新人賞を08年『果断 隠蔽捜査2』で山本周五郎賞、日本推理作家協会賞受賞。



Kadokawa Haruki Corporation

今野敏

潮流《ちょうりゅう》 東京湾臨海署《とうきょうわんりんかいしょ》安積班《あずみはん》

*

2015年8月28日第一刷発行

発行者 角川春樹
発行所 株式会社 角川春樹事務所
〒102-0074 東京都千代田区九段南2-1-30 イタリア文化会館
電話03-3263-5881（営業） 03-3263-5247（編集）
印刷・製本 中央精版印刷株式会社



ISBN978-4-7584-1270-4 C0093
http://www.kadokawaharuki.co.jp/